Círculo Rojo
EDITORIAL

¡Orcas!

¡Orcas!

Joaquín Verdeguer García

Círculo Rojo
EDITORIAL

Primera edición: diciembre 2024

Depósito legal: AL 3789-2024

ISBN: 978-84-1097-370-1

Impresión y producción: Editorial Círculo Rojo

Editorial Círculo Rojo

www.editorialcirculorojo.com

info@editorialcirculorojo.com

Impreso en España - Printed in Spain

A la convivencia con este mundo marino.

A todas las lobas y lobos de mar, a los verdaderos navegantes que desafían mares y océanos.

Índice

Capítulo 1
Playa de Matalascañas - Huelva

—¡Mamá! ¡Mamá! ¡Mamá! —gritaba la criatura presa del pánico.

Algunos se giraron tratando de ver de dónde procedían los gritos, otros hacían oídos sordos. El agua parecía hervir, la orilla de la playa se había oscurecido por el cardumen. Rocío levantó la mirada alzando el cuello, reconociendo la voz de su hijo; los bañistas salían despavoridos de la orilla como si el agua del mar les quemara el cuerpo.

—¡Miguel! ¡Miguel! —reaccionó Rocío corriendo hacia el desdichado.

—¡Mamá! ¡Mamá! —lloraba Miguel echándose a los brazos de su madre.

—¡Hijo! —Rocío sujetó a Miguel por los hombros.

Curiosos y veraneantes al ver el cuerpo de Miguel completamente ensangrentado comenzaron a chillar generando el caos en la orilla.

—¡Tiburón! ¡Tiburón! ¡Tiburón! —Sin saber lo que realmente estaba sucediendo.

Unos brazos ensangrentados, piernas y espalda repletas de mordeduras y desgarros hicieron desfallecer a Miguel, que se desplomó en las faldas de su madre.

—¡Por Dios!, ¡una ambulancia! —pidió Rocío sofocada de impotencia, con las lágrimas en los ojos surcándole las mejillas.

Por fortuna apareció el socorrista teléfono en mano solicitando con urgencia una ambulancia, mientras otros bañistas pedían ayuda a la policía local.

—¡Qué ha pasado! —preguntó el socorrista, que no había visto nada igual en sus cinco años de profesión.

—No lo sabemos, salió así del agua —comentó un hombre de cierta edad.

El socorrista, silbato en mano, empezó a dar pitidos pidiendo a los bañistas que salieran del agua, haciendo gestos con los brazos tratando de comunicar la importancia de salir del agua de inmediato, solo algunos despistados seguían saltando las olas. Dos policías locales llegaron en sus *quads*.

—¡Por favor, dejen espacio! Apártense, ¡señores!

La cantidad de curiosos era tal que formaban un muro alrededor de Miguel y su madre, que seguía desesperada abrazada a su hijo. Un segundo socorrista, maletín en mano, trataba de apartar a los bañistas para poder atender al desdichado.

—¡Por favor, déjenme pasar! —pedía casi suplicando tratando de abrir una brecha entre los curiosos.

—¡Vamos, señores! ¡Apártense! —solicitaban los dos agentes, que no eran escuchados; la expectación era cada vez mayor, incluso los viandantes del paseo marítimo empezaban a cruzar la arena.

—¡Soy médico! —anunció uno de los que se acercaron.

—La ambulancia ya está aquí —le agradeció uno de los policías colocándose frente al médico voluntario.

Miguel estaba saliendo de su desmayo, aunque seguía mareado y pálido, el agua oxigenada con la que le estaba limpiando el socorrista las heridas cubiertas de arena lo había despertado.

—¡Vamos, por favor! ¡Dejen pasar! —intentaba hacer un hueco el agente entre la multitud para que los camilleros de la ambulancia pudieran llevarse al calamitoso niño.

—Es usted su madre, ¿verdad? —interrogó el agente a Rocío con la intención de que subiera a la ambulancia.

—Sí, es mi hijo —contestó Rocío completamente desubicada.

—Coja sus pertenencias y suba a la ambulancia —le ordenó tratando de terminar cuanto antes con el despliegue de curiosos y espectadores que no hacían otra cosa que molestar.

Los murmullos y comentarios no se hicieron esperar, la gente estaba alborotada, ya nadie se atrevía a bañarse entre las olas, ni tan siquiera poner los pies a remojo. Como la pólvora, los rumores de que algo estaba en el agua capaz de matar se hizo eco, en pocos minutos toda la orilla de la playa de Matalascañas se quedó vacía, expectantes, por si se vislumbraba algo que pudiera dar señales, alguna aleta de un tiburón. Se comentaba que en Cataluña habían aparecido algunos escualos devorando turistas, la noticia rebosaba de imaginación.

Al llegar la ambulancia SAMU al hospital Juan Ramón Jiménez de Huelva, el equipo de urgencias tenía conocimiento de lo sucedido, estaban avisados, el médico de la SAMU les había comunicado que el niño varón llamado Miguel, de aproximadamente un metro treinta y veintiocho kilos de peso, no corría peligro inminente, pero para evitar alguna infección y hacer una diagnosis, era necesario atenderlo de urgencia. Tampoco él en todos sus años de experiencia había visto un caso similar, era como si hubiesen querido devorar al niño a bocados.

—Una, dos y tres —levantaron el cuerpo de Miguel y lo colocaron en la camilla.

—Soy su madre —explicó Roció tratando de seguir al enfermero sin soltar el arco de la camilla.

—¿Qué edad tiene? —le preguntó, por tranquilizar a la pobre mujer, viendo su sufrimiento.

—Acaba de cumplir ocho años —consiguió decir amargamente.

—¡Un leo! ¡Entonces no se preocupe! En un par de días estará en casa… —le contestó el enfermero tratando de subirle el ánimo.

La puerta del ascensor se abrió y ambos entraron en la sala del quirófano, la enfermera le pidió a Rocío que se quedara fuera esperando, iban a atender a su hijo.

En ese preciso momento a pocos kilómetros de distancia, Arturo se colocaba la escafandra autónoma, inspiró varias veces para comprobar que el aire circulaba correctamente. Vaciando el aire del chaleco, comenzó la inmersión junto a Roberto, los datos de la ecosonda multiaxial subacuática en tres D que aparecían en la pantalla indicaban el posicionamiento sin margen de error, el escaneo dejaba el relieve de un pecio de procedencia fenicia. Sin embargo, la poca visibilidad del fondo marino por la corriente y los sedimentos lo obligaban al uso de los perfiladores. Por fortuna, el nuevo equipo del escáner topográfico permitía conocer la batimetría del fondo marino, con sus abruptas oscilaciones, las cuales habían protegido el pecio de los temporales, dejando el casco en óptimas condiciones. La turbulencia de la arena y la poca visibilidad lo obligaba a no alejarse más de un escaso metro, para poder hacer las fotos, que es a lo que habían bajado. Arturo aleteaba con mucho cuidado, sin embargo, la corriente lo obligaba a apoyar la mano izquierda de vez en cuando, para mantener el equilibrio con la cámara y sus dos flases. Pese a llevar guantes, sintió el fondo mullido y pegajoso, no le prestó excesiva atención, tenía cosas más importantes que hacer y en que pensar. Apenas treinta y siete minutos después de la inmersión, su reloj Genius le indicaba el comienzo de la ascensión, si no quería quedarse sin oxígeno en la botella. Le hizo señas a Roberto para iniciar el ascenso, y este asintió con el pulgar.

—¿Cómo ha ido? —le preguntó Nieves cuando al salir a la superficie Arturo se desprendió del regulador.

—Lo de siempre, no se ve un carajo, pero está ahí, será difícil sacarlo a flote.

—Eso ya no es cosa nuestra, que lo hagan los de la Marina.

—Una pena —contestó Arturo, entregándole la cámara subacuática y el cinturón de lastre. Trató de salir del agua, recuperando el chaleco con la botella. Dejó parte del equipo sobre la plataforma y se acercó a la pantalla para ver el resultado de las fotografías que recién había tomado, sin quitarse el traje de neopreno, por si tenía que repetir las fotos. Roberto lo esperaba todavía flotando en la popa del barco.

—No están mal… —admitió Nieves, que las iba pasando de una en una por la pantalla de su ordenador, gracias al sistema Bluetooth de la cámara.

—Ya sabes cómo está el fondo, no creo que puedan salir mejor que eso —le adelantó.

—No te excuses, yo las veo bien, se intuye la cabeza de caballo en la proa, es suficiente indicio, qué más quieres después de tres mil años.

—Las ánforas están intactas… Fíjate en esta estrechez del cuello.

—Tienes razón, no son malas las fotos, todavía se percibe el tono rojizo de la cerámica.

—¡Listo para sentencia! —exclamó Nieves dando por terminada la inmersión—. Volvamos al despacho (el despacho era un simple garaje que tenían alquilado para guardar todos los equipos de buceo, las botellas, el compresor y la herramienta).

Arturo guardó el equipo en el cofre, se quitó el neopreno y tras darse un agua se sentó junto a Nieves, quien pilotaba el barco. Nieves, Roberto y Arturo se habían conocido en Chipiona, tras formar parte de otro equipo de buceadores arqueólogos de una empresa estadounidense, obsesionados con descubrir los restos de la Atlántida. Finalizado el contrato, decidieron seguir investigando por su cuenta, hasta que por sorpresa encontraron el pecio fenicio. Todavía no habían informado a las autoridades; por su parte, querían reunir más pruebas y documentación. Ellos sabían que no era la primera vez que se descubría un barco fenicio, toda la costa de levante estaba llena de ellos, pero este en cuestión estaba mucho mejor conservado.

Entre ellos había empatía, con una amistad férrea, no solo porque les apasionaba lo que hacían, también por los momentos vividos y sus dificultades, se sentían como hermanos. Cuando estás sumergido a más de treinta metros, con tres bares de presión sobre el cuerpo, sabes que tu vida puede estar en las manos de tu compañero y eso deja huella. Un lazo que dura toda la vida, tienes una deuda.

Nieves trabajaba de enfermera en el hospital Juan Ramón Giménez de Huelva, y siempre que sus guardias se lo permitían, trataba de pasar el mayor tiempo posible junto al mar, con su barco. Había aprendido a bucear gracias a su padre, que fue de los primeros buceadores de Cádiz, y para entonces ya trataban de encontrar la famosa isla de la Atlántida. Nieves creció en un ambiente marinero, entre historias de piratas y leyendas, en ese mundo de sueños fantásticos, medio mitología, medio ficción. Quiso ser enfermera para defender y ayudar a aquellos arduos marineros como su padre; su otra pasión era la arqueología submarina, de la que obtenía mayores recompensas, aunque nunca se planteó convertirse en alguien famosa por sus descubrimientos. Tampoco lo anhelaba, lo único que buscaba era disfrutar y poder darle sentido a su vida.

Había tratado de demostrar sus sentimientos hacia Arturo, pero Arturo, desde que había empezado en la universidad, solo tenía los ojos puestos en Almudena, una joven muy atractiva, que tras terminar su formación en ciencias económicas y finanzas consiguió ser empleada en la Consejería de Sostenibilidad, Medio Ambiente y Economía Azul de Huelva, como secretaria personal del señor presidente, don Federico Ruiz Gonzálvez. Nieves optó por aceptar la realidad, prefería tener cerca a Arturo antes como compañero que perderlo por desavenencias amorosas y no tenerlo en absoluto.

—¿Les presentamos solo el dosier? Será difícil fecharlo con exactitud si no rescatamos alguna pieza —comentó Roberto.

—De momento vamos a presentar el dosier, y esperamos a ver la respuesta de la administración, siempre estaremos a tiempo de ampliar la propuesta —sugirió Nieves.

—Estoy de acuerdo, iremos paso a paso.

—De todos modos, al final será la administración quien se cuelgue la medallita, ¡menudos son esos! —sentenció Roberto.

Roberto era bombero de profesión, un joven atlético y de buena estatura, había pertenecido a las brigadas de paracaidistas y le chiflaba la acción, su puesto en el trabajo le permitía librar dos semanas al mes y eso le daba el tiempo libre necesario para poder disfrutar del mar y de su actividad como buceador. Su otra pasión era la arqueología submarina, en la que llevaba más de diez años junto a sus fieles amigos. Había llegado de Madrid con apenas diez y ocho años; cuando conoció el mar, ya no quiso volver.

Una vez descargados todos los equipos, enjuagados y puestos a secar, decidieron tomar unas cervezas en el bar del «Piolo», lo llamaban así por la afición del dueño a la escalada de alta montaña, otro tarado del deporte de riesgo.

—¡Piolo, tres cañas! —le gritó Roberto desde la puerta, haciéndole un gesto enseñando tres dedos de la mano. Los tres se sentaron en las mesas de la terraza.

—Sigo pensando… que una de las ánforas nos la deberíamos quedar, como recuerdo… antes de que esos energúmenos metan sus sucias manos —rectificó Roberto.

—¿Por qué no te haces contrabandista?, o mejor, podríamos vender las ánforas en el mercado negro y forrarnos —lo provocó Nieves con ganas de hacerle la puñeta.

—Tampoco es ninguna barbaridad lo que sugiere —le adelantó Arturo, totalmente conforme a la sugerencia de Roberto.

—¿Tú también? ¡Que eso es expolio! —dijo Nieves levantando la voz.

—¡Y qué! Ya verás, van a romper la mitad de ánforas esos… paletos —refunfuño Roberto.

—Eso no es asunto nuestro.

—En realidad me ha pasado algo curioso —comentó Arturo.

—Ah, ¿síííí?… —puso Nieves cara de interesada, bromeando.

—Sí, la superficie tenía un lodo muy extraño, parecía gelatinoso, no lo había visto antes.

—¡Ya sé! Los extraterrestres…

—Contigo no se puede hablar…

—Tienes razón, yo también lo he visto —confirmó Roberto.

—¡Piolo! Tres más —le gritó Nieves levantando su vaso vacío.

Vivir en el golfo de Cádiz y no tener una actividad relacionada con la mar es como vivir en Suiza y no saber esquiar. En Huelva, si no tienes una barca propia, la tiene un primo, un amigo, un familiar; no tienes escapatoria.

Arturo era hijo de un bien allegado empresario de Huelva, el primogénito de cuatro hermanos. Su padre se sentía orgulloso de que en cierta manera su hijo se hubiese decantado por estudiar económicas y empresariales, siguiéndole los pasos. Ahora trabajaba como empleado en la banca. No es que a Arturo le pareciera un empleo maravilloso, nada fuera de lo común, pero para él, lo más importante, además de que su trabajo le agradaba, era que al ser empleado de banca, le permitía tener las tardes libres, y de ese modo, poderse dedicar a lo que sí le gustaba de verdad: la arqueología subacuática, sin remordimientos económicos. Su relación con Almudena iba madurando y se estaban planteando comprar un bonito apartamento cerca del Estadio Nuevo Colombino, no por su afición al fútbol, que no le interesaba en absoluto, más bien con la idea de que el apartamento se revalorizara con el tiempo.

Aunque cada uno de ellos era de su padre y de su madre, los tres formaban un buen equipo.

Las puertas del quirófano se abrieron, salió el bedel empujando la camilla junto a la doctora.

—¿Es usted la madre del niño? —le preguntó con unos papeles en la mano.

—Sí, soy Rocío Benavente.

—El niño está estable, un poco de fiebre, que es muy normal, su cuerpo está luchando, se va a reponer muy pronto, pero lo vamos a tener un par de días en observación.

—¿Qué le ha pasado, doctora? —Rocío seguía compungida y las lágrimas humedecían sus bellos ojos.

—Ha sido atacado por peces, no sabemos qué peces… —comentó en voz baja.

—¿Comooo… pirañas? —la interrogó incrédula.

—Aquí no existen las pirañas…, pero ha sido algo similar —siguió diciendo en voz baja, para que nadie escuchara la conversación.

—¿Puedo verlo?

—Suba con él, se lo llevan a la quinta planta —le recomendó la doctora, y se despidieron.

Cuando llegó a la habitación quinientos cuatro, vio a Miguel completamente vendado, parecía una de esas momias de los faraones de Egipto, solo se le veía el rostro. Su hijo seguía dormido por la medicación, se sentó en la butaca, cogió el teléfono y llamó a su ex, el padre de Miguel.

Tras algunos tonos dejó el mensaje.

—Miguel Ángel, soy Rocío… Escucha, no te asustes, estoy en el hospital Juan Ramón Jiménez, tu hijo ha tenido unas picaduras…, pero… está bien… Llámame cuando puedas.

Dos días después apareció otro caso en similares circunstancias, una semana después otro caso. La prensa empezó a hacer eco de la noticia, y la noticia llegó a las altas esferas.

—¡Es que se han vuelto locos! ¡Qué coño es esto! ¡Quieren arruinar a todo el sector turístico! —bramó el presidente de la Consejería de Sostenibilidad, Medio Ambiente y Economía azul de Huelva, Federico Ruiz.

—No sabemos qué está pasando, ni sabemos su procedencia…

—¡Todo esto por unos mordisquitos de mierda! ¡Pues serán las medusas… o a saber qué coño de bicho! —maldecía y voceaba paseando por la sala de su despacho.

—El problema es que está cundiendo el pánico en las playas…

—¡Mira, Manuel! Estamos a veintiocho de agosto, en dos semanas cuando se terminen las vacaciones las playas estarán vacías igualmente. Con bichos o sin bichos, ¡así que no me toques los cojones!

—Tenemos que hacer algo, no podemos estar indiferentes, nos tratarán de ineptos y eso son muchos votos…, Federico.

—¡Joder! —explotó el presidente de la Consejería dejándose caer en su sillón. Manuel se le quedó mirando, esperando una respuesta—. ¡Está bien!, nos reuniremos en el pleno y lo discutiremos con la oposición.

En el hospital Juan Ramón Jiménez, habían dado de alta a los tres desafortunados, se habían repuesto de las heridas y gozaban de una vida normal. Si no tenemos en cuenta el trauma de no querer volver a darse un baño en la playa nunca más. Las siguientes vacaciones serían en la sierra de Aracena, y la única agua sería la embotellada o la de una piscina, como mucho.

—Oye, Nieves, ¿*tas enterao* de lo de la quinta?

—¿Qué ha pasado?

—Te lo digo porque como tú buceas…

—No, no me han dicho nada, ¿qué sucede en la quinta?

—Han *ingresao* a tres *devoraos* por unos peces —le susurró Martina.

—¿Estás de coña? ¿Qué es, un chiste? —sonrió Nieves.

—Quillaaaa, que nooo, *ques* en serio, lo lleva la doctora Mariángeles.

—¡Te han tomado el pelo! No existen peces carnívoros en la bahía.

—Que síííí, estaban llenos de llagas de las mordeduras.

—Qué tonta eres, ¿y tú te lo crees? Ay, Martina, cuánto te quierooooo.

—Oyeeee…, vente conmigo p'arriba —la invitó Martina ofendida.

Martina la cogió del brazo, forzándola a coger el ascensor y subir a la quinta planta con ella, nadie dudaba de su reputación y menos su amiga Nieves. Llamaron a la puerta de la sala.

—¡Entre! —invitó la doctora. Las dos entraron en la habitación austera y mal iluminada.

—Mariángeles, esta es mi amiga Nieves, es buceadora profesional, le puedes explicar lo de los ataques de peces.

—Hola, Nieves. Sí, la semana pasada ingresaron varias personas por mordedura de peces, similar al de las pirañas. Por suerte las mordeduras solo afectaron al tejido blando, sin llegar a profundidades que pudieran implicar a los tendones. Desconocemos qué tipo de pez es, no nos lo han podido especificar. Los bañistas estaban cerca de la orilla, no se trata de ningún tiburón como algunos han insinuado, pero por la cantidad y el tipo de agresión parece un cardumen. En ocasiones, las altas temperaturas del agua suelen determinar comportamientos más agresivos en algunas especies de peces.

—Disculpa, pero lo que me estás contando se sale de lo habitual, en estas costas no existe ninguna especie que se relacione con lo que me estás contando. Las pirañas son de agua dulce, normalmente de los ríos del Paraguay; aquí en la bahía de Cádiz no existe ese tipo de depredador, se me escapa de toda lógica.

—Sí, te entiendo perfectamente, porque a mí también se me escapa, nunca había visto nada similar y llevo treinta y dos años ejerciendo la medicina.

—¿Y no podría tratarse de otra cosa? —se quedó pensativa.

—Dímelo tú, que buceas —le sentenció Mariángeles.

Se quedaron en silencio y se despidieron. Nieves estaba en *shock*, si no hubiese sido por la seriedad de la doctora, nunca se lo habría creído. Volvieron a coger el ascensor para bajar a su planta.

—¿Dónde dicen que ha ocurrido?

—Las playas entre Sanlúcar de Barrameda y Mazagón.

—La desembocadura del Guadalquivir y del Odiel…, agua dulce. ¿Y si algún *pirao* ha echado crías de piraña? ¿Sabes esos que se traen mascotas y luego no saben qué hacer con ellas y las echan al río? Así, sin más, como aquello de los caimanes, ¿te acuerdas?

—*Pueeee…* podría ser —le confirmó Martina.

—¡Hay que informar a las autoridades!

—Pues ya tardas, tú puedes.

El resto del día Nieves se quedó desconcertada, sería posible que un grupo de pirañas estuviese invadiendo la zona del río Guadalquivir, desde luego la temperatura del agua era ideal para su cría.

Por extraño que parezca, en la bahía de Cádiz y de Huelva abundan las barreras o flechas litorales de arena como las de Valdelagrana, Sancti-Petri, Punta Umbría, isla Canela, río Piedra, río Carreras, isla de Saltes, playa de Levante. Estas formaciones o conjunto de cordones han permitido proteger una costa primigenia que pertenece al Holoceno superior. Con posterioridad los sedimentos de carácter estuarino han mantenido las marismas características de la región, que debido a las desembocaduras de los ríos Guadalete, Odiel y Tinto, Piedras y Carreras, han generado procesos de aluvionamiento fluvial, formando terrazas entre las dunas fósiles, en las que se producen episodios estáticos con sus consiguientes inundaciones. En otras fases, como la eolización de las dunas con una evolución en los últimos cuatro mil años, han provocado el relleno de más de treinta metros de altura de sedimentos de carácter estuarino. Los temporales y tsunamis que ha sufrido la costa entre el estrecho y el cabo de San Vicente han modificado por completo el litoral, como las dunas de San Antón en el Puerto de Santa María o las dunas de Matalascañas.

La formación actual de la bahía de Cádiz, ligada a sus fallas activas heredadas del Pleistoceno medio, ha formado grandes extensiones de marismas. Estas deformaciones hidrogeológicas de la bahía han producido un área que mezcla las aguas con aportes de agua dulce de origen subterráneo, procedente de los relieves areniscosos que la bordean, con aportes salinos de origen marino. Esta combinación produce acuíferos multicapa, en los que la capa dulce sobrenada encima de la capa de agua salada. Las mareas, a su vez, provocan oscilaciones paralelas en el nivel freático del acuífero, llamados «pozos de marea» típicos de la zona de las marismas de Cádiz, Sevilla y Huelva, siendo esta intrusión de aporte salino muy bajo, dominando el agua dulce y su consiguiente aportación de nutrientes.

Nieves sabía que algo podía estar sucediendo, una transformación del medio ambiente, no se podía descartar la posibilidad de que algún tipo de pez depredador se hubiese instalado en la zona, ya había ocurrido en otros ecosistemas. Invasiones como la del mejillón cebra, el cangrejo rojo americano, el galápago de Florida, el lucio. No solo tenía que informar a sus compañeros y a las autoridades, tenían la obligación de ir a comprobarlo *in situ*.

Capítulo 2
Orcas en el estrecho de Gibraltar

—(Canal 16 VHF) *¡Sécurité! ¡Sécurité! ¡Sécurité!* Velero Aquiles, velero Aquiles, llamada para salvamento marítimo, necesitamos ayuda, unas orcas han interceptado nuestro barco, estamos sin gobierno, a la deriva, nos han roto el timón. *¡Sécurité! ¡Sécurité! ¡Sécurité!* Velero Aquiles, velero Aquiles, llamada para salvamento marítimo.

—Aquí salvamento marítimo, velero Aquiles, lo escuchamos alto y claro, cambie a canal diez —le anunciaron desde la torre de control.

—(Canal 10 VHF) Velero Aquiles para salvamento marítimo, ¿me recibe?

—Lo recibo, velero Aquiles, indique su posición.

—Estamos frente al faro de Trafalgar, en la costa de Barbate, rumbo a Cádiz. Velero de doce metros, casco blanco, le indico posición. Latitud: treinta y seis grados, siete minutos y medio, cincuenta y cinco segundos, norte. Longitud: seis grados, seis minutos y medio, cero segundos, oeste.

—Recibido, velero Aquiles. ¿Algún herido a bordo?

—No, estamos todos bien.

—¿Cuántos van a bordo?

—¡Solo somos dos personas a bordo!

—Detengan máquinas y esperen, no agredan a las orcas, pónganse los chalecos, cambien a canal seis, una patrulla está de camino.

—Le copio, cambio y corto.

Las tres orcas no dejaban de dar vueltas alrededor de la embarcación, esos mamíferos de seis a siete metros de largo con su enorme aleta dorsal impresionaban, sobre todo cuando resoplaban fuera del agua. La trasparencia del agua permitía ver el cuerpo entero del animal con sus dorsales de color blanco, lo que las distingue del resto de delfines. Mientras el macho quedaba a una eslora de distancia, la hembra y su cría se sumergían acompasados en busca del timón o lo que quedara de él. La congoja sacó la mala leche de Ramón, pese a llevar más de veinte años navegando esas mismas aguas, nunca había tenido tal desfortunio. Conocía sobradamente el problema con las orcas, pero pudieron más sus ansias de llegar a las islas Baleares. Quería estar en Ibiza antes de que llegaran la horda de turistas y navegantes domingueros del chárter, que en los recientes años colapsaban todos los fondeos y amarres disponibles.

—¡Me cago en todo, Daniel! ¿No las viste venir?

—¿Cómo las iba a ver si nos han atacado por la popa? He notado que el timón iba muy duro y de repente como si se hubiese partido el guardín, y luego el vacío, sin gobierno, entonces es cuando me he girado y las he visto resoplar.

—¡Menuda mierda! A ver si el seguro se hace cargo… ¡Menuda leche nos van a clavar los jodidos del varadero!

—¡Tranquilízate! Ahora no tiene solución —comentó impotente.

—¡Joder, Daniel! no quiero pasarme las vacaciones en un varadero viendo cómo reparan el timón. ¡Deberíamos estar en esas terrazas de la isla de Ibiza, repletas de niñas bonitas tomando una cerveza!

Daniel se sentía muy responsable, el precioso Hanse 388 de Ramón apenas tenía tres años. Su preciado amigo había vendido su antiguo velero Puma 34 para poder tener un barco más moderno y más confortable. Con ese percance no tenían que lamentar nada grave, sus vidas no estaban en peligro y de momento solo había que lamentar daños materiales. A Ramón lo que más le preocupaba era la pérdida de tiempo, y que sus cortas vacaciones fueran reducidas por el percance con las orcas ibéricas.

—¡Mira! Ya vienen los de salvamento. Ponte en la proa y échales un cabo para que nos puedan remolcar —le pidió Ramón.

—¿Lo hago firme en la cornamusa?

—Sí, hazle una pata de gallo y hazlo firme a las dos cornamusas de proa.

—(Canal 6 VHF) Salvamento marítimo para velero Aquiles, ¿me recibe?

—Sí, lo recibo.

—Vamos a alcanzarlos por su babor, despejen la cubierta, les lanzaremos una eslinga. Hagan firme a las cornamusas la pata de gallo que les vamos a amollar, con cuidado tiraremos de ella. Pongan el timón o lo que quede de él a la vía, procederemos a remolcarlos.

La lancha de salvamento marítimo dio un giro alrededor del velero para evaluar la acción a emprender, se abarloaron para lanzar el cabo de la eslinga y una vez hecho firme en su proa la pata de gallo, comenzaron a soltar la estacha de tres esloras para el remolque de la embarcación Aquiles, con rumbo a Barbate. Por curioso que parezca, las orcas, al oír acercarse la lancha de salvamento marítimo, desaparecieron de la escena. Era como si las orcas tuviesen un sexto sentido o un contrato exclusivo de romper timones con el que ya habían cumplido. El varadero de Barbate estaba a rebosar de veleros en fase de reparación, una auténtica pesadilla para los armadores de las embarcaciones, pero una bendición para las empresas de logística y mantenimiento.

Desde el año 2020 las incidencias habían ido en aumento, cada año alrededor de unos doscientos cincuenta veleros habían sido dañados. Al principio eran meras y esporádicas interacciones de una orca madre a la que denominaron *Gladys*, se suponía que su fin era enseñar a sus crías la forma de proceder en la captura de otras especies. Las orcas suelen arrancar las aletas de las ballenas, de ese modo el cetáceo queda impedido en sus movimientos, siendo vulnerable, así la orca puede atacar con mayor eficacia y facilidad.

Los propios biólogos marinos no llegan a entender el verdadero motivo de sus actos, otros biólogos consideran que solo es un juego por parte del delfín más grande e inteligente de los mares, puesto que la *Orcinus orca* forma parte de la familia de los *Delphinidae*. En ocasiones, la orca puede atacar a los de su misma especie en su dieta alimenticia, aunque ello depende de la zona de apareamiento y de su hábitat. La orca transitoria de Islandia se alimenta básicamente de focas, mientras que nuestra orca ibérica se alimenta básicamente de túnidos. Es por ello que la mayoría de los ataques se han producido en los alrededores del estrecho de Gibraltar y el golfo de Cádiz, por la migración de estos enormes peces. Los pueblos de sus costas como Zahara de los Atunes no solo indican la procedencia de su nombre, también su actividad pesquera con las milenarias almadrabas, que potencian el dinamismo de las orcas; estas probablemente tratan de defender su alimentación, que empieza a escasear, y ven en los veleros fuertes competidores.

Aunque las orcas pueden navegar a más de treinta millas por hora, no suelen atacar a las motoras, porque saben que sus timones son en su mayoría metálicos, sin embargo, los timones de los veleros suelen ser de composite con apenas un laminado de tejido MAT muy frágil, envolviendo una simple espuma de PVC. Las interacciones cada año van en aumento, y si en 2020 solo ocupaban la zona del sur de la península ibérica, pronto las interacciones se han ido extendiendo por las costas de Portugal, llegando a las costas de Galicia y al golfo de Vizcaya, generando la pesadilla de todo navegante.

La inactividad por parte de las administraciones, por dejadez o por simple incompetencia, ha conseguido que esta actividad de interacción se haya adaptado a otras familias de la misma especie. Al principio dependía de una sola pareja de orcas, hasta que otras familias fueron aprendiendo y desafiando a los navegantes. A día de hoy puedes sufrir un percance en toda la costa, desde Normandía hasta el estrecho de Gibraltar; las orcas son extremadamente inteligentes y aprenden con rapidez. Los biólogos marinos creen saber o creen entender estas conductas, pero en realidad, nadie sabe a ciencia cierta lo que está ocurriendo realmente. Solo el tiempo y la ciencia nos desvelarán lo que está sucediendo.

Estos mamíferos a la vez se han visto perjudicados por el desarrollo humano, en todas sus facetas, la invasión del litoral con sus urbanizaciones y sus desagües de aguas fecales han generado la modificación del hábitat subacuático. Los limos, la flora, los crustáceos se han visto perjudicados o incluso se han extinguido en la base alimenticia de las redes tróficas. La industria y sus vertidos contaminantes, los microplásticos, los metales pesados como el mercurio, han dañado un gran abanico de flora y fauna, actuando sobre especies de mayor tamaño como el atún, que también es un depredador y se alimenta de estos peces menores, contaminados, que a su vez son la ingesta de las orcas. No es de extrañar que algunos comportamientos de cetáceos sean modificados por estas perturbaciones, que indirectamente también forman parte de la evolución o de la involución de nuestro planeta, por el desarrollo del ser humano. Todo tiene sus consecuencias.

En sus orígenes se le denominó interacción, algunos prefieren denominarlo directamente como ataques. Aunque si de verdad fuesen ataques, a una orca de entre siete a ocho metros con un peso de cinco a siete toneladas nada le cuesta destrozar un barco de plástico y hundirlo en pocos segundos, pero eso la orca todavía no lo sabe.

—(Canal 16 VHF) ¡*Mayday, mayday, mayday*! Embarcación Freier-Wind, embarcación Freier-Wind, ¡nos están atacando las orcas! Tenemos una vía de agua, ¡estamos sin gobierno! *Mayday, mayday, mayday*, salvamento marítimo, ¿me recibe? Aquí embarcación Freier-Wind, ¿me recibe? Cambio —se oía por la radio presa del pánico.

—Aquí salvamento marítimo, le recibo, embarcación Freier-Wind. Cambie a canal diez.

—(Canal 10 VHF) Embarcación Freier-Wind, aquí salvamento marítimo, ¿me recibe? Cambio.

—Aquí embarcación Freier-Wind, le recibo.

—Indique su posición, cambio.

—Latitud: treinta y seis grados, quince minutos, ochenta y siete segundos, norte. Longitud: seis grados, veintiséis minutos, ochenta y nueve segundos, oeste. Nos estamos hundiendo. Nos están rodeando las orcas.

—¿Cuántos van a bordo?

—Solo somos dos, padre e hijo.

—Arríen las velas e intenten detenerse, no molesten a las orcas, pónganse los chalecos salvavidas, procedemos al rescate —indicaba salvamento marítimo desde su torre de control—. Cambie a canal seis.

Presas del pánico viendo subir el nivel del agua y las maderas del plan flotando en el interior de la embarcación Florián y su hijo Samuel de doce años trataban de achicar el agua que entraba como un manantial por la bocina del velero y por la limera de la mecha del timón. Los cuatro metros cúbicos de desplazamiento del escueto velero no albergaban posibilidad alguna, en pocos minutos estaría sumergida por completo y los desdichados quedarían flotando en el medio del canal del estrecho. Su única salvación era tener paciencia y esperar el rescate, su fortuna era que las orcas no se alimentan de seres humanos «de momento».

Pero… ¿quién tiene paciencia en una situación similar de impotencia, desespero y angustia? Samuel lloraba aterrorizado dando berrinches entre tragos de agua de mar, su padre trataba de mantener el velero a flote para que no se hundiera. La lancha de salvamento marítimo llegó a tiempo, el cansancio de ambos desdichados estaba mermando su flotabilidad. El Freier-Wind, de bandera alemana, con rumbo al peñón de Gibraltar con destino a Mallorca, estaba prácticamente sumergido.

—(Canal 6 VHF) Embarcación Freier-Wind, ¿me recibe? —sonó por la emisora.

—Aquí embarcación Freier-Wind, no sé cuánto tiempo podremos permanecer a flote, cambio.

—Los tenemos a la vista, manténganse cerca el uno del otro, procedemos al rescate —les comunicó la lancha de salvamento marítimo, que ya enfilaba su proa rumbo a las víctimas.

Por desgracia parte de la obra muerta se encontraba hundida, Florián y su hijo habían saltado del velero para no ser engullidos por la succión que se produce cuando se hunde un barco. En pocos minutos solo el mástil y su jarcia indicaban el punto del rescate. La lancha de salvamento marítimo aminoró la marcha al percatarse de la situación y del mástil. Pese a que la mar estaba tranquila, sin una ola pronunciada, incluso las cabezas que sobresalían fuera del agua eran difíciles de percibir. Únicamente el color rojo anaranjado de los chalecos salvavidas marcaba la posición de los náufragos, cuando estos estaban en la cresta de la ola, cada nueve segundos, acompañados por la mar de fondo, desapareciendo de la vista en el seno de la ola. La lancha se acercó con lentitud dejando la ola de barlovento para protegerlos, de ese modo, padre e hijo pudieron subir a la plataforma acondicionada para el rescate por sotavento.

Nada había que lamentar, solo bienes materiales según el seguro de la embarcación, sin embargo, padre e hijo habían vivido la peor experiencia de su vida, un trauma que no se borra de la memoria, de la que nadie te indemniza. Florián y Samuel estaban a salvo, los cubrieron con una manta térmica para evitar la hipotermia. En el último momento, Florián giró la cabeza tratando de ver lo que quedaba de su velero, pero ya no quedaba ningún vestigio, la mar se lo había tragado; tampoco estaban las orcas que habían causado aquel fatídico momento de angustia, rozando la muerte.

Su preciado velero, aquel que les había dado tantos momentos de satisfacción, tantas alegrías, en el que vio crecer a su hijo junto a su esposa, ya no estaba, se había marchado como se marcha un buen amigo o incluso un familiar. El hundimiento de tu embarcación requiere de un momento de duelo, tanto es el apego al que se le suele tener a un velero, es parte de la familia. Florián miró a su hijo y todavía esbozó una sonrisa, todo pudo ser peor, al menos estaban vivos, sin daños. Salir ileso de una experiencia tan desagradable te da coraje y te da fuerzas. Saber que le has vencido a la muerte es una buena experiencia en la vida, aunque parezca todo lo contrario. Pese a todo, tratarían de seguir disfrutando de sus merecidas vacaciones, cogerían un vuelo para reunirse con su madre y esposa, en la isla de Mallorca, donde los estaba esperando.

En tierra, Nieves llamó a Arturo, su instinto de mujer le predecía que algo iba mal.

—Tenemos que hablar, están pasado cosas muy raras —comentó algo nerviosa.

—Podrías ser más explícita, no sé de qué me estás hablando.

—Es sobre esos ataques en la playa —concluyó.

—¡Anda! ¿Tú también te lo has creído? Solo es publicidad para turistas —se mofó.

—¡Arturo, he hablado personalmente con la doctora que los ha tratado, y es algo serio! Tenemos que ir a ver qué está pasando.

—¡Te has vuelto loca! Eso es un tema de la administración, del Ministerio de Costas, no es asunto nuestro… ¿Qué?, ¿vas a salvar al mundo ahora?

—Nosotros conocemos este litoral mejor que nadie, creo que moralmente tenemos que aportar nuestro granito de arena.

—Está biiieeen, se lo diré a Roberto.

Nieves colgó el teléfono. Sabía que Arturo tenía razón, no les correspondía a ellos meter las narices en un tema que era competencia de la Consejería de Sostenibilidad, Medio Ambiente y Economía azul, junto al Ministerio de Medio Ambiente de Andalucía. Aun así, estaba convencida de que tenían que hacer algo.

El revuelo en la Consejería de Sostenibilidad, Medio Ambiente y Economía Azul de Huelva era de puro caos, los desastres no dejaban de sucederse, una fuga de unos agentes tóxicos de la presa de Berrocal en el río Tinto habían alcanzado el río Odiel. Almudena entró en el despacho del presidente de la Consejería expediente en mano.

—¡Esto es insoportable! —maldijo Federico después de ojear el expediente.

—Sé un poco más astuto, Federico, di que se rompió la presa por la incompetencia del anterior gobierno. La carencia de mantenimiento y de control.

—Que no haría yo sin ti —le contestó abatido.

—¡Ánimo! Tú puedes con todo —le susurró al oído haciéndole la cucharita con la palma de su mano sujetándole los testículos.

—¿Nos veremos luego?

—Hoy no puedo, vamos a ver el piso.

—Sigues con la idea de casarte… ¿con él? —le consultó mirándola de reojo.

—Arturo me da estabilidad, y en un par de años seré madre; tú ya estás casado, Federico, ¡deja algo para los demás!

—Cómo me pones cuando me hablas así —se insinuó acariciándole la nalga.

—¡Quizás mañana… D´artagnan!

Almudena salió del despacho marcando tacón, le gustaba el poder, le gustaba el lujo, le gustaba ser observada y que los hombres cuchichearan a su espalda, conociendo la impresión que causaba, sabía que todos querían follársela.

Almudena había cumplido los treinta, estaba en esa edad importante en la que se mezcla juventud, madurez, belleza, inteligencia y sensualidad. A esa edad te comes el mundo, y es exactamente lo que pretendía, seguir subiendo escalones y convertirse en un futuro en la delegada del gobierno o, ¿por qué no?, en la propia ministra de Economía. Sabía que estaba capacitada, aunque su puesto se lo tenían que haber dado a otra persona, Fernando, su compañero de despacho, él tenía más puntos y quizás algo más de experiencia en la propia Consejería de Sostenibilidad, Medio Ambiente y Economía Azul Provincial de Huelva. Pero sus tetas eran mucho más bonitas que las de su contrincante varón, de modo que a Fernando no le quedó más remedio que quedarse en un segundo plano.

Sonó el teléfono, era Arturo quien llamaba.

—¡Dime, cariño! ¿Cómo va el día? —contestó esbozando una sonrisa.

—Bien, como siempre, peleándome con las hipotecas y los seguros de los clientes, ¿comemos juntos? Hemos quedado a las cuatro y media con el agente inmobiliario.

—¡Sí, perfecto! Nos vemos en el Azabache a las tres menos cuarto.

A las dos y media Almudena apagó la pantalla del ordenador, ya era suficiente por hoy, se fue al baño y se acicaló un poco, se volvió a perfumar y se aplicó una fina capa de carmín rojo en sus esponjosos labios. Cogió el bolso de Louis Vuitton y salió airosa de la Consejería. Arturo llegó a la par, ser clientes asiduos les daba ventaja, y su rincón siempre estaba dispuesto, pese a la imposibilidad de encontrar mesa en el restaurante más afamado de la ciudad.

—¡Qué tal! —la saludó Arturo besándola en los labios.

—Nerviosa, ¿tú no?

—Va a ser nuestro primer piso, pero no estoy nervioso, me siento muy bien, por fin podremos hacer nuestras vidas a nuestro gusto.

—Te amo, eres tan transparente.

—¿Decidimos qué vamos a pedir? —le insinuó señalándole la carta.

—Yo tomaré la lubina y vino blanco —contestó directamente, sin mirar la carta.

Arturo le hizo un gesto al camarero e hizo la comanda, el murmullo de los comensales empezaba a ser alto y se vio obligado a subir la voz para hacerse oír.

—Me ha llamado Nieves, por el tema de los ataques de la playa, está muy preocupada.

—Ya no se han vuelto a repetir… un accidente es un accidente —intentó convencerlo, restándole importancia.

—Sí, esperemos que los bañistas y turistas no entren en pánico y vuelvan al año que viene, aunque todavía queda una semana hasta que los críos entren al colegio.

—Bueno, ya están investigando los hechos —lo tranquilizó.

—Ella piensa que algo está pasando en el agua, los ataques de las orcas a los veleros, los ataques de peces a los bañistas, demasiadas casualidades…, ¿no te parece?

—Ya sé que Nieves es tu compañera, pero cariño, es un poco exagerada, ¿no crees? Hay que pisar tierra firme de vez en cuando.

Terminaron de comer y después de tomar café, se dirigieron al edificio de la calle Cristóbal Gangoso, un edificio de nueva construcción con zona verde y piscina. Tanto Almudena como Arturo disfrutaban de sus respectivos pisos, en realidad diminutos estudios de una sola habitación; ser pareja y querer tener hijos en el futuro exigía dar un paso más. Por ello, habían decidido comprar un buen apartamento moderno, soleado, con cuatro habitaciones y tratar de alquilar sus respectivos estudios, para reducir la cuota de la hipoteca que iban a compartir.

El agente se encontraba en la esquina del edificio, esperando, les tendió la mano y los saludó presentándose, entraron en el zaguán del edificio y tomaron el ascensor pulsando el botón del séptimo piso, por desgracia para ellos, el ático ya estaba vendido. Cuando entraron en el apartamento, la luz del sol reflejado en el suelo porcelánico del salón casi los cegó.

—Desde luego sol sí que vais a tener —bromeó el agente.

—¡Madre mía, qué vistas! —se sorprendió Arturo al ver el río Odiel y las marismas hasta Punta Umbría.

—¡Es precioso! —exaltó Almudena emocionada.

—Como veis la vivienda tiene ciento cuarenta metros cuadrados, tres baños, cuatro dormitorios, cocina independiente, comedor y salón. ¡Fijaos! Desde el balcón se puede ver la piscina, el río Odiel, las salinas y el campo de fútbol, no tienes ni que abonarte, desde aquí se ven los partidos del Colombino.

—¡Qué!, ¿nos animamos? —lo retó Almudena.

—Estoy impresionado, sí, ¿cuándo firmamos?

—Vamos a la agencia y firmamos el compromiso, eso sí, tendríais que entregar una señal en fianza del diez por ciento, luego lo que tarde el banco con el crédito, la revisión del FEIN y por último firmaríamos en la notaría. Creo que en mes y medio o como mucho dos meses, el apartamento puede ser vuestro.

Almudena y Arturo se miraron complacidos, por fin podrían cumplir su sueño. Almudena se sentía victoriosa por lograr lo que ella más deseaba, una vez más se sentía satisfecha de conseguir otro objetivo más, ella siempre lograba lo que quería, esos momentos le daban seguridad, se sentía importante, en breve tendría que pensar en su enlace con Arturo y culminar su proyecto de ser madre. Por su lado Arturo se sentía feliz, por fin él y Almudena podrían hacer sus vidas juntos. Llevaba enamorado de Almudena desde que empezaron en la universidad y ya eran nueve años de noviazgo, definitivamente, con la seguridad de sus dos empleos podrían casarse y formar una familia como él había soñado, tener dos hijos y continuar con la tradición familiar.

Por el canal 16 de la VHF saltó la alarma, la noche era cerrada, por fortuna la mar se encontraba de encalmada, algo poco frecuente en el lado de poniente del estrecho.

—¡*Sécurité*! ¡*Sécurité*! ¡*Sécurité*! Velero Cobalto, velero Cobalto, ¡nos atacan las orcas!

—Aquí salvamento marítimo, velero Cobalto, detengan la embarcación y traten de no hacer ruido, no molesten a las orcas, su inactividad hará que pierdan el interés y se marchen. Cambien a canal diez.

—(Canal 10 VHF) De perder el interés nada, ¡están golpeando el timón! ¡Han reventado el timón!

—Indique su posición para salvamento marítimo.

—Velero Cobalto, pabellón español, frente a la costa de Rota. Latitud: treinta y seis grados, veintidós minutos, cuarenta y nueve segundos, norte. Longitud: seis grados, cincuenta y cuatro minutos, catorce segundos, oeste.

—Velero Cobalto, lancen una bengala cada diez minutos, vamos a su encuentro, detengan la embarcación. Cambie a canal seis, procedemos al rescate.

—¡María!, ¿ya se han marchado esos bichos? —preguntó Vicente tras dejar la radio en su soporte.

—¡No!, siguen ahí, esos monstruos están resoplando.

—¡Ilumina con la linterna! ¡Joder, han partido el timón de un cuajo! —blasfemó al ver flotando parte del timón.

—¡Mira! Están debajo del casco, salen burbujas de aire.

—Pero qué más querrán estos bichos, ¡ya han roto el timón!, estamos sin gobierno. —Un fuerte golpe en la amura de estribor les hizo perder el equilibrio, María cayó sobre el tambucho de la bañera, Vicente pudo sujetarse del pescante, por muy poco se libró de caer al agua.

—¡Joder, nos están embistiendo! —gritó presa del pánico.

—¡La bengala, Vicente, la bengala! —le señaló María.

Vicente abrió el maletín que contenía las bengalas, cogió la primera y rompió el precinto, un haz de luz rosado salió cegándole los ojos.

—¡Las otras bengalas, Vicente! —le insistió María ofreciéndole otro cartucho.

Lanzó la bengala al aire, del retroceso del disparo casi pierde el equilibrio, vieron cómo ascendía en el cielo oscuro de la noche formando una miserable y escueta estela de color naranja rosáceo, a los pocos segundos de ascender empezó a caer apagándose en la nada.

—¡Vaya mierda de bengalas! ¡¿Y eso es a lo que nos obligan esos jodidos de la Marina Mercante?!

—¡Vicente! Se ve una luz, ¿serán los de salvamento?

—Eso espero, aquí al pairo somos un peligro. —Al terminar sus palabras, observó el AIS.

Una embarcación de alto tonelaje enfilaba a rumbo de colisión; al identificar el buque, su cara de sorpresa lo decía todo. Era un buque portacontenedores rumbo al cabo de San Vicente procedente del estrecho de Gibraltar, esos buques no modifican su rumbo por nada, no importa quién tenga la prioridad, la inercia de doscientas mil toneladas con una carga de dos mil contenedores se acercaba a doce nudos de velocidad (la velocidad máxima permitida para el estrecho de Gibraltar es de trece nudos) y ellos se encontraban exactamente en su camino. Vicente palideció de repente, se sentía impotente, ¿quizás otra bengala? Quedó bloqueado, no sabía qué hacer, seguro que el buque no percibiría esa mierda de bengalas. Volvió a cambiar al canal diez y seis de su VHF.

—¡*Sécurité*! ¡*Sécurité*! ¡*Sécurité*! Buque Tasmania, buque Tasmania, ¿me recibe? Cambio.

—Aquí buque Tasmania, lo recibo alto y claro.

—Velero Cobalto, velero Cobalto a la deriva, estamos en su rumbo de colisión, lanzamos bengala.

—Recibido, velero Cobalto, modifico dos grados rumbo norte, la corriente y el viento los abatirá rumbo sur.

—¡María! Hay que seguir lanzando las bengalas para que nos vean —gritó desesperado cambiando de nuevo al canal seis de su VHF.

—¡Yo no me atrevo! Los iluminaré con la linterna —propuso, debido a las sacudidas y quemaduras que propiciaban las bengalas.

—Aquí salvamento marítimo. Embarcación velero Cobalto, velero Cobalto, los tenemos a la vista, despejen la cubierta, los abarloamos por su babor, les lanzaremos una eslinga para que hagan firme la pata de gallo a las cornamusas de proa para su remolque.

—¡Uf, por fin! —suspiró Vicente, que sudaba a borbotones.

En el horizonte, se percibía la luz roja y la luz verde, indicando que la proa de la embarcación de salvamento marítimo estaba totalmente enfilada hacia ellos, Vicente se sintió a salvo por fin. Tras la maniobra, afirmaron el cabo por las gateras a las dos cornamusas; cuando comenzaron a remolcarlos, una de las cornamusas se partió debido a los fuertes tirones. Decidieron entonces pasar un cabo por la base del mástil y seguir tentando la suerte de ser remolcados de nuevo, esta vez con éxito. María y Vicente se abrazaron y se besaron celebrando su desdichada fortuna.

—Qué miedo he pasado cuando nos han embestido —le declaró Vicente.

—Y yo…, pero si te lo hubiese dicho, habría sido peor —le confirmó María, que seguía abrazada a Vicente.

—Hemos vuelto a superar esos momentos difíciles —le comentó complacido con los ojos humedecidos.

—Vicente, eres mi héroe —le susurró con una sonrisa; pese a su edad y a todos estos años vividos, lo seguía queriendo como el primer día.

María y Vicente llevaban cuarenta años navegando su velero, un pequeño Dufour 34. Ahora como jubilados trataban de hacer travesías más largas y pasar los veranos en la isla de Cerdeña, les gustaba todo lo italiano. Eran grandes amantes de la naturaleza, nunca habrían sospechado que, de repente, aquellos enormes y bellos mamíferos que ellos tanto amaban y que solían ver con frecuencia cerca del estrecho los fueran a atacar, así, sin más preámbulo. Sin haberlos provocado, sin haberlos molestado. Su pequeño velero solo flotaba en un mar como un tronco a la deriva, ahora más que nunca.

Capítulo 3
Río Tinto

La acidificación de los mares y océanos es un proceso lento, pero no por ello despreocupante, este efecto se debe a la absorción de dióxido de carbono CO_2 del aire por parte del agua H_2O de los mares y océanos, que al combinarse con el dióxido de carbono CO_2 del agua salada, produce ácido carbónico H_2CO_3, liberando iones de hidrógeno. Esos iones de hidrógeno, al ir saturando el agua, bajan el pH del mismo, siendo menos alcalino, y producen la asfixia de los peces al afectarles en su respiración branquial. Lo hemos visto en innumerables documentales o en las noticias, en los propios telediarios, como parte de las catástrofes del ser humano que nos afectan directamente.

Pero este efecto no se detiene aquí. El exceso de iones de hidrógeno reacciona con los iones de carbono aumentando la acidez de los océanos (pH actual del océano, 8,1; pH del agua, 7; pH de un limón, 3), formando ácido carbónico, disminuyendo el carbonato cálcico $CaCO_3$. Una gran parte de los seres vivos acuáticos necesita ese carbonato cálcico para la formación de sus conchas y caparazones; al no disponer del necesario carbonato cálcico, sus conchas se debilitan rompiéndose, incluso llegando a desaparecer, siendo estos caracoles, cangrejos, langostas y moluscos la base de la red trófica marina, afectando a toda la biodiversidad de mares y océanos, incluidos sus corales. El ser humano depende de los recursos que nos proporciona la mar, con sus alimentos. Nuestra salud depende del grado de salud de los mares, si los envenenamos, nos estamos envenenando a nosotros mismos.

—¡Joder! Es que no me van a dejar tranquilos —bramaba Federico tras terminar el pleno de la junta.

—Tranquilízate —le sugirió Manuel, su vicepresidente.

—¿Que me tranquilice? ¡Es a mí a quien quieren crucificar, Manuel! ¡A mí, no a ti!

—Escuchemos al técnico, quizás exista una solución…

—Está bien…, dile que pase. Y llama a Almudena, que tome nota de todo.

El descontrol y la pésima ejecución en el accidente del vertido de la presa de Berrocal estaba salpicando a la directiva de la Consejería de Sostenibilidad, Medio Ambiente y Economía Azul Provincial de Huelva. El ingeniero técnico dejó pasar primero a Almudena por educación, al abrirse la puerta tras la solicitud de Manuel.

—Buenas tardes —le ofreció el técnico su mano al señor presidente de la Consejería.

—Siéntese y sea breve —le ordenó Federico sin contestar a su saludo.

—Lo intentaré. Hemos detectado un alto nivel de zinc, níquel, plomo y mercurio.

—¿Y eso es malo…? —preguntó Federico.

—El problema está en la oxidación de los lodos a largo plazo, y a la velocidad en la que estos pasen a un estado soluble y, a su vez, reviertan al mar.

—No entiendo nada, sea más explícito —gruñó Federico.

—Depende del poder de autodepuración del sustrato y del suelo, este no es infinito.

—¿Autodepuración? —repitió Manuel.

—Son las condiciones que hacen que los suelos sean más o menos vulnerables.

—¿Y de qué condiciones estamos hablando? —le preguntó Federico, que seguía sin entender absolutamente nada.

—Dependen de la capacidad de retención de los metales pesados, como la textura arcillosa y su permeabilidad, la porosidad del suelo, la circulación del agua de lluvia, el pH del suelo, la presencia de sales y carbonatos, su materia orgánica y sus microorganismos para la degradación de los contaminantes.

—¿Estamos a tiempo? —parecía que Federico empezaba a entender la profundidad del percance.

—Lo habríamos estado si no se hubiesen producido estas últimas lluvias, el agua ha ayudado a la infiltración e impregnando masivamente el suelo.

—¡Me cago en todo! ¡Ahora también la lluvia quiere jodernos!

—Los contaminantes solubles son muy móviles, potencialmente tóxicos y bioasimilables.

—¡Yo sí que estoy biojodido! —El técnico se quedó callado, no le agradaba aquel hombre, elegido por la ciudadanía.

—Federico, no te pases, déjale que nos informe —le rogó Manuel—. Prosiga…, por favor.

—Si los metales pesados alcanzan los niveles freáticos estamos jodidos de verdad —sentenció el ingeniero técnico. Federico y Manuel se cruzaron la mirada.

—Explíquese… —le solicitó Federico.

—Las sales disueltas se concentran y constituyen sulfatos complejos, como la bianchita, beaverita y la hexahidrita, aumentando la presencia de metales pesados en la oxidación. El metilmercurio será el peor de todos.

—¿Qué le pasa al metilmercurio? —preguntó Manuel.

—En dosis medianas ataca el sistema nervioso, afecta a la memoria, a la capacidad de concentración, a la motricidad, incluso al habla; en dosis muy elevadas puede desencadenar la muerte de miles de personas.

—¡Joder!, ¡joder!, ¡joder! ¡Pero por qué me tiene que tocar a mí! Esta información de momento no puede salir de esta sala, ¡me habéis entendido! —Almudena, Manuel y el ingeniero técnico se cruzaron las miradas, asintiendo con la cabeza.

Nieves y Roberto esperaban a Arturo en el bar del Piolo, como solían hacer desde hacía años. Nieves los había convencido de ir a indagar y averiguar que estaba sucediendo en las desembocaduras del Odiel, el Guadiana y el Guadalquivir.

—Solo tenemos que sacar muestras del agua, en diferentes puntos de la desembocadura, los envío a analizar y vemos qué nos cuenta —comentó Nieves.

—¿Pero tú?, ¿qué esperas que vas a encontrar? —le reprochó Roberto.

—¿Quizás larvas? —lo desafió Nieves.

—¿En serio crees que se esconde algún misterioso pez devorador de hombres? —contestó Arturo incrédulo.

—Mira, Arturo, si no hacemos nada, seguro que no encontraremos nada, pero si tomamos muestras, quizás alguna conclusión podamos sacar, y si estoy equivocada, ya me callo y me quedo tranquila.

—No te enfades, simplemente no entendemos tu tozudez —se defendió Arturo.

—Quizás Nieves tenga algo de razón —replicó Roberto—, lo cierto es que desde hace cuatro años que un grupo de orcas están teniendo una conducta muy extraña, dedicándose a romper los timones de los veleros que pasan por el estrecho de Gibraltar.

—¿Ves? Ahí lo tienes —lo señaló con el índice.

—¿En serio crees que los ataques de orcas están relacionados con los ataques de los cardúmenes a los bañistas…?

—Algo les está afectando, y ese algo les está cambiando su comportamiento.

—Tiene sentido… —cuestionó Roberto mirando a Arturo, esperando una contestación.

—Vengaaaa, me vais a decir que también creéis… ¿en el monstruo del lago Ness? ¡Qué imaginación! —se burló Arturo.

—¡Nieves, estoy contigo! —le confirmó Roberto.

—Está bieeen… ¿Cuándo queréis ir?

—¿El fin de semana? —Nieves esbozó una gran sonrisa.

—Solo podré el domingo, le he prometido a Almudena ir a ver muebles para el piso nuevo.

—¿El piso nuevo? Qué calladito lo tenías, ¡bribón! —lo felicitó Roberto.

—¡Ha sido inesperado! Lo vimos y nos decidimos al momento, no imaginaba que todo iba a ser tan rápido.

—¡Pero bueno, bueno! Eso te costará una invitación, ¡millonetis! —se reía Nieves.

—Todavía no hemos hablado de boda… —se exculpó Arturo.

—Lo de la boda es otra cosa, ¡esta es para tus colegas! —dijo señalando a Roberto y a ella misma.

—Detecto una conducta extraña —susurró Arturo, y se echaron a reír los tres.

Ese mismo domingo, las noticias avisaban de otra interacción de orcas a otro velero de doce metros. La prensa, alguna revista técnica y algunos foros insistían de que las orcas solo estaban jugando, que su intención no era de ataque; otras opiniones hacían hincapié en que la orca matriarca denominada Gladys trataba de enseñar a su cría cómo cazar otros cetáceos, amputando las aletas u otras extremidades y reducir a su presa, tomando como ejemplo el timón de una embarcación. Pero la profesora y bióloga marina Patricia Marteño confirmaba el error, explicando que la orca ibérica no depende de las ballenas como fuente de alimentación, con lo cual carece de sentido que las madres enseñen a sus crías a cazar en una técnica a la que no están habituadas, y que tampoco forma parte de su dieta cotidiana. La orca ibérica se alimenta de atunes.

Los humanos no forman parte de sus objetivos, explicaba la bióloga; si fuese una respuesta territorial, entonces serían los machos adultos los que tomarían las medidas oportunas, atacando seriamente cualquier embarcación. En este caso, son orcas jóvenes, en un total de doce y dos hembras adultas. La bióloga marina Rosa Escala insistía en proteger una especie que está al borde de la extinción, la Unión Internacional para la Conservación de la Naturaleza (UICN) ha catalogado a la orca ibérica en peligro crítico, pues solo quedan cincuenta ejemplares.

Un dato importante a tener en cuenta en el mundo animal de los mamíferos es que solo tres especies padecen en su proceso biológico la menopausia: la ballena piloto de aleta corta, la orca y el ser humano. El significado es una actitud más conservadora en la protección y supervivencia de la familia, más que a un mero hecho reproductivo. Mientras el macho orca tiene una vida aproximada de treinta años, la hembra una vez alcanzada esa edad deja de reproducirse y puede vivir triplicando esa cantidad rozando el centenar de años. En la edad adulta, una orca madre necesita un 45 % más de alimento que otra orca de su especie para amamantar a su cría, lo que la hace muy competitiva en su alimentación. La menopausia de la orca hembra constituye su estructura familiar ante la competencia con su propia especie (pueden incluso devorarse entre ellas si fuese necesario), como a la colaboración de grupo entre las distintas generaciones.

Una vez embarcados, Nieves calentaba los dos motores diésel de ciento cincuenta caballos, terminaron de pertrechar el barco con el equipo y soltaron amarras, saliendo de la bocana del puerto de Mazagón.

—Tomaremos muestra en superficie y entre aguas —explicó Nieves a bordo de su barco.

—Deberíamos marcar en el *plotter* los diferentes lugares de muestras y numerarlos —comentó Roberto.

—Bien, empezamos por el Odiel y continuamos a babor hasta el Guadalquivir, son los dos ríos más cercanos a las zonas de ataques de bañistas —contestó Arturo.

—Sí, creo que es lo correcto —le confirmó Roberto. Nieves levantó el pulgar afirmativamente.

Roberto y Arturo aprovecharon el momento para ir colocándose el equipo de buceo, comprobando los chalecos y las válvulas, al reducir la velocidad entendieron que se aproximaban al lugar elegido para tomar las muestras. Nieves abrió una caja con varias docenas de probetas, ellos saltaron al agua y esperaron a que Nieves les entregase el material, dos probetas a cada uno. Se sumergieron a pocos metros de distancia, mientras, Nieves marcó la posición en el *plotter* y a su vez recogió otras dos muestras en superficie. Al subir a bordo catalogaron las muestras y las diferentes profundidades a las que las habían tomado; sin quitarse el traje de buceo, siguieron la costa en dirección a Matalascañas. A dos millas de Matalascañas, de nuevo repitieron la operación, dos muestras en superficie, dos muestras a cierta profundidad y otras dos muestras a más profundidad sin llegar al fondo marino. Las siguientes muestras se tomaron a dos millas de Sanlúcar de Barrameda, frente a la desembocadura del Guadalquivir, y las últimas muestras a dos millas de la base de Rota. Una vez etiquetadas las veinticuatro muestras decidieron volver.

—¿Te las llevas tú a analizar? —dio por sentado Arturo.

—Sí, claro —le confirmó Nieves.

—¿Cuánto tardarás en tener los resultados?

—¿Ahora tienes prisa? —se mofó.

—Quizás, más curiosidad que otra cosa —se defendió Arturo.

—Bueno, ¿qué? ¿Hacemos una ronda en el Piolo? —sugirió Roberto.

—Esta vez no, he quedado con Almudena.

—¡Ooooh, los amantes tienen trabajo! —sonrió Roberto.

Es bien sabido que la pesca está sufriendo un largo retroceso desde el año dos mil catorce, cada vez son más las zonas prohibidas en labores de pesca por arrastre para la obtención del rape, la merluza, la cigala y el langostino. Esta técnica es muy destructiva e invasiva, degradando todo el fondo marino. Son muchas las especies no deseadas que quedan atrapadas en las propias redes, que, sin embargo, son a su vez alimento de otras especies. Estas, al ser aniquiladas, restringen la alimentación de las especies capturadas; el resultado es la reducción de la población de peces. La solución es la autoproducción o la necesidad de crear granjas marinas, las piscifactorías son cada vez más frecuentes para la obtención de presas suficientes como para poder abastecer el mercado, no solo nacional, también el mercado internacional.

En la actualidad, son tan abundantes las piscifactorías que el uso de piensos para su alimentación se ha convertido en un negocio muy lucrativo.

El pienso de las piscifactorías es muy rico en nutrientes y proteínas para el rápido crecimiento y desarrollo del pez, incluso superando el sesenta por ciento. Esas proteínas son enriquecidas con hierro, magnesio, cobre, zinc, vitamina B y aminoácidos. Otras empresas añaden harinas de insectos, fitoplancton, proteínas sintéticas o vegetales y harinas de pescado.

Los recientes estudios indican que en el año dos mil cuarenta, la pesca tradicional habrá desaparecido casi por completo, y que los seres humanos solo comeremos peces provenientes de piscifactorías y derivados de la acuicultura.

Por cada kilo de pescado se necesitan cuatro kilos de pienso para su engorde, como consecuencia, las empresas buscan otras alternativas más económicas, que, al parecer, pasan por diferentes harinas vegetales, insectos y otros componentes, como aceites sin especificar…

—¡Curro!, ¿qué te parece esto? —le preguntó Genarito removiendo una densa masa pastosa.

—Échale más aceite, que es barato —contestó Francisco Martín Guzmán, dueño de la empresa y padre de Almudena.

—Lleva harina de cáscara de mejillón.

—Por eso…, ¡mendrugo! ¿Ha llegado la partida de Vietnam?

—Sí, esta mañana. La harina de panga huele que alimenta.

—Bueno…, mientras no te la comas tú…

Lo llamaban «Genarito» precisamente porque el individuo de La Palma del Condado pesaba ciento ochenta kilos, y medía un metro noventa y tres centímetros, había sido portero de discotecas en su juventud, incluso un año se lo llevaron unos feriantes por toda España de gira, denominándolo «el gigante de la Atlántida».

Genarito se encargaba de preparar diferentes fórmulas de granulados para piscifactorías, mezclando desechos de fábricas, como la conservera del mejillón en Galicia, aprovechando la concha del bivalvo para hacer harinas, con un alto contenido en glicoaminoglicanos (GAG). Los GAG suelen ir acompañados con condroitina, MSM, taurina (2,4 %) y ácidos grasos. También utilizaban cáscaras de huevo para triturarlas y obtener un alto grado de calcio en sus harinas (90 %) y partidas de peces de panga de dudosa calidad, pues estos han dejado de comercializarse en gran parte del norte de Europa por sus carnes contaminadas con antibióticos y polifosfatos, para que a su vez el panga gane peso y glaseado (algunas veces llegando a los cuarenta y cinco kilos, cuando su peso normal es de quince kilos). Los aceites utilizados para poder amasar el conjunto de harinas provenían de los aceites reciclados de todos los restaurantes de la zona. En definitiva, el coste de la materia prima era casi nulo, puesto que en algunas ocasiones incluso las fábricas pagaban para que se llevasen los desechos.

Al bueno de Genarito se le había ocurrido aprovechar proteínas provenientes de la industria cárnica por su bajo importe y por su fácil adquisición. El transporte a las inmediaciones de Huelva tenía un alto precio y ellos tenían que reducir los costes de producción si querían ganar dinero; claro, que los hinchaban a impuestos como al resto de mortales, Hacienda no perdona.

—¡Toma proteínas! —reía Genarito rompiendo los sacos para verterlos en la tolva donde las aspas de acero inoxidable removían la densa masa.

Tras la recepción de los diferentes productos, los sólidos iban a la molienda, y la pasta de panga, a la tolva de crudo, junto a los restos cárnicos provenientes de mataderos para el primer proceso de transformación de tamaño de la materia prima; luego se decantaba al triturador, que descomponía los huesos quebrados en una pasta más homogénea. Los líquidos de la tolva de crudo eran aprovechados y conducidos a la tolva pulmón, mezclándose el jugo con el subproducto proveniente del triturador. Una vez solidificada la mezcla, se procedía a su cocción. La pasta obtenida se mezclaba a su vez con las harinas obtenidas de la cáscara de huevo y la cáscara del mejillón, en combinación con los aceites reciclados, trasvasándose a unas enormes cubas, donde las aspas le daban la granulometría perfecta para su deshidratación. El resultado final consistía en una textura arenosa que se envasaba para su transporte a las distintas piscifactorías de la región andaluza.

Francisco conocía a la perfección todo el proceso, y mientras las inspecciones de sanidad le salieran favorables no le importaba lo más mínimo. Como si a Genarito se le pasaba por la cabeza mear en la tolva por no desplazarse al baño. A él lo que más le importaba era su criatura, Yllana, treinta años más joven que él, recién llegada de la República Dominicana, a quien le había prometido una villa con piscina y jardín para salvarla del *night club* de carretera donde trabajaba.

Sonó el teléfono, Arturo miró de reojo la llamada y vio en la pantalla que se trataba de Nieves, dejó que sonara sin coger la llamada, estaba demasiado ocupado en ese momento atendiendo a una pareja que necesitaba información para un préstamo hipotecario.

—Os entiendo perfectamente… Sí, es verdad, los créditos están por las nubes. Yo también estoy en ese trance —les contestó a las quejas de la pareja.

—¿Y si lo hacemos a treinta años? —preguntaron desesperados.

—No habría ningún problema, la cuota sale más baja, pero vais a pagar muchos intereses, es mejor a veinticinco años.

Después de completar toda la información, la pareja abandonó el banco, Arturo cogió el móvil y llamó a Nieves.

—Buenos días, ¿qué ocurre?

—Ya tengo el resultado de los análisis.

—¿Y?

—Creo que deberíamos vernos después del trabajo, y te lo comento.

—¿Quieres hacerte la interesante, o te estás vengando de mí?

—Digamos que ambas cosas —rio.

—¿Donde siempre a las siete?

—¡*Okey*!

Llevaban tanto tiempo juntos que no necesitaban palabras, se entendían a la perfección, lástima que Arturo la veía más como a una hermana o como a una compañera de aventuras, y no como la bella e interesante mujer que era. Para Nieves, era más duro, porque ella sí lo amaba. No obstante, respetaba los sentimientos de Arturo y quería su felicidad; no es que Almudena le pareciese una chica simpática y estupenda, de hecho no le agradaba en demasía, no entendía muy bien cuál era su verdadero atractivo, aparte de su envidiable cuerpo. Conocía muy bien a Arturo, y estaba segura de que él no era de esos tíos que solo ven un físico, aunque algunas veces el enamoramiento te vuelve idiota.

Al terminar la jornada, Almudena y Arturo comieron juntos, el motivo era ver qué cortinas iban a poner en el nuevo apartamento, visitaron varias tiendas y quedaron complacidos con la elección final.

—No puedo quedarme más tiempo, he quedado con Nieves —le confesó.

—¿Y eso?

—¿Recuerdas que hace dos domingos estuvimos tomando muestras en la zona? —le recordó.

—Sí, me acuerdo —le contestó Almudena.

—Tiene los resultados.

—¿Y cuál es el resultado?

—No me lo ha querido explicar por teléfono, por eso hemos quedado en vernos, ¿por qué no te unes a nosotros? Y nos tomamos unas birras… Será divertido.

—Imposible, tengo que terminar unos asuntos para mañana a primera hora, este Federico me va a volver loca con tanto trabajo. Quedamos mañana… —le contestó con una caricia.

—Bien. —La besó en los labios y se dirigió al Piolo.

Cuando llegó al bar, ya había varios botellines vacíos sobre la mesa. Nieves, Roberto y otra chica desconocida gesticulaban en una acalorada conversación.

—¡Hombreeee, que llevamos media hora esperándote! —le recriminó Roberto.

—¡Estaba arreglando el mundo! —contestó de broma.

—¡Mira! Te presento a Carmen, una amiga. —Se levantaron ambos y Carmen le dio dos besos.

—Encantado de conocerte, me llamo Arturo.

—Bueno, siéntate —le recomendó Nieves.

—Bien, ¿me lo vais a contar? ¿O tengo que esperar un poco más?

—Carmen trabaja en el laboratorio de analítica alimentaria de Alieurolab S. A., lo que no nos esperábamos es que se conocieran ella y Roberto.

—¡Íbamos al mismo campamento Scout! Te lo puedes imaginar —le adelantó Roberto.

—Te lo va a explicar ella misma —le dijo Nieves haciendo un gesto con la cabeza. Carmen sacó unos papeles del bolso.

—En líneas generales la cantidad de metales disueltos en el agua son muy elevados, un doscientos por ciento por encima de lo recomendado por la UE y la OMS. Se han detectado partículas de zinc, níquel, plomo y mercurio.

—¿En qué zonas concretamente? —quiso indagar Arturo.

—Sobre todo las que tomasteis en la desembocadura del Odiel y las que tomasteis en Rota demuestran un notable aumento de sedimentos de mercurio y polifosfatos —le comentó brevemente.

—¿Eso es grave?

—Sí, y mucho.

—¿Por qué?

—Pues porque el mercurio afecta al sistema nervioso, y puede causar incluso la muerte —concluyó.

Los cuatro se quedaron en silencio mirándose, tratando de asimilar lo expuesto.

Capítulo 4
Juntos y revueltos

Almudena, al dejar a Arturo, se dirigió a su apartamento, le había enviado un mensaje a Federico, este ya la estaba esperando en el salón de su estudio. Almudena aparcó el coche en el garaje y tras pulsar el botón del ascensor, subió al cuarto, insertó la llave y abrió la puerta.

—¿Cómo te ha ido? —le preguntó Federico ofreciéndole una copa de vino tinto.

—¡Muy bien! Ya tenemos elegidas las cortinas y el cubre de las camas.

Federico se acercó y la besó.

—Me recuerdas a mi tiempo de noviazgo, cómo pasan los años…

—¿Me quieres hacer creer que tú ibas con tu mujer a ver cortinas?

—Bueno, en realidad no, de eso se encargaron Mari Carmen y mi madre, yo tenía poco que decir y que opinar, no me dejaban hablar. Al final solo vi algunos muebles y el sofá del salón.

—¡Cómo te conozco, Baldomero! —rio Almudena.

—¡Y tú cómo me pones! —Le soltó un cachete en la nalga—. ¿No le ha extrañado que te hayas venido?

—No, ha quedado con sus amigos de aventuras —le contestó añadiendo vino a sus copas.

—Aventuras…, aventuras es lo que vamos a tener tú y yo, ¡señorita!

Federico empezó a desabrocharle la blusa y a besarla con pasión, apretando su cuerpo contra el de Almudena, que estaba apoyada en la pared. Almudena hizo lo mismo con la camisa de Federico, intercambiando suspiros y jadeos. Federico le levantó la falda apretando sus muslos mientras Almudena le desabrochaba el cinturón del pantalón. Quedaron en medio de la desnudez besándose, sintiendo cómo la temperatura de sus cuerpos subía entre gemidos y manoseos. Se dejaron caer en el sofá y tras despojarse de las pocas prendas que les quedaban se amaron mutuamente, retozando sus cuerpos sudorosos.

—¿No se huele nada de lo nuestro? —preguntó, quizás por remordimiento o por la posibilidad de perder la oportunidad de seguir follando con ella.

—Él no sabe que estás aquí.

—¿Crees que tiene un lío… con esa… Nieves?

—Noooo… Ella es poca cosaaa… Arturo la ve como a una colega.

—¿Tan segura estas?

—Síííí, además, han quedado para ver los análisis de las aguas de la bahía con su amigo el bombero.

—¿Qué análisis?

—Nieves está convencida de que hay pirañas en la bahía de Cádiz.

—¿Pirañas?

—Sí, por lo de los ataques de este verano.

—¡Me cago en Satanás! ¡No nos va a joder esa ahora!

—¿Tú también crees que hay pirañas?

—¡Yo no sé lo que hay en el agua!, pero como nos joda el turismo para el año que viene…

—Fede…, tranquilo, lo averiguaré, mañana lo llamo y sabré de qué va todo esto.

—Eres mi ángel. —Y se inclinó para lamerle los pezones.

Al día siguiente llamó a Arturo; este, al ver su llamada en la pantalla del móvil, cogió de súbito el auricular.

—¿Qué hay, cariño? Buenos días —la saludó Arturo.

—¿Qué tal?, ¿cómo te fue ayer? —preguntó risueña.

—Interesante, al parecer hay una saturación de mercurio y de polifosfatos en la bahía de Cádiz.

—¿En serio? Pero de eso se deberían ocupar los técnicos del Ministerio de Medio Ambiente, ¿no?

—Seguramente sí, les vamos a facilitar los datos…

—¿Quieres que me ocupe yo de eso?

—No quiero agobiarte…, ya tienes suficiente trabajo.

—Arturo, no es ninguna molestia, también es mi trabajo; de hecho, se lo expondré yo misma al presidente de la Consejería de Sostenibilidad, Medio Ambiente y Economía Azul, para que tomen las medidas oportunas. Confía en mí.

—Por supuesto que confío en ti, comemos juntos y aprovecho para entregarte los análisis.

Después del trabajo, como de costumbre, Almudena y Arturo se vieron en el restaurante Portichuelo, en la misma calle López Vázquez, lugar de encuentro de empresarios de la ciudad de Huelva.

—¿Cómo te ha ido la jornada? —la saludó Arturo besándole sus labios carnosos.

—Bueno, ya sabes…, un caos terrible, Federico está con las elecciones y estamos desbordados de trabajo. ¿Y tú qué tal? —preguntó jovial.

—Yo sigo engañando a jóvenes parejas para hipotecarse el resto de sus vidas —comentó de guasa.

—Cuéntame eso de los análisis.

—Ya sabes que Nieves está obsesionada con que algo hay en el mar, no hemos encontrado larvas como ella suponía, pero sí una cantidad anormal de sedimentos en el agua, y sobre todo muchos metales pesados. Creo que se están realizando vertidos ilegales de alguna industria y están contaminando el río Odiel.

—¡Pero eso es muy grave! Lo que dices se tendrá que inspeccionar y abrir un expediente, tendré que informar a Federico y a las autoridades competentes —mintió exaltada, dando a entender que no sabía nada.

—Eso me temo, tendrán que hacer más análisis por tramos, para determinar a partir de qué lugar río arriba se está produciendo esa contaminación.

—Tranquilo, me encargo de todo.

Almudena cogió los documentos y se los puso en el bolso, comieron tranquilamente hablando del piso; después del postre y del café, decidieron ir a una galería de arte en la calle Miguel Redondo para decorar las paredes del apartamento. Pasaron la noche en el estudio de Arturo como dos jóvenes enamorados. Al día siguiente, después del desayuno, se despidieron para realizar cada uno sus menesteres.

—¿Querías los análisis? Ahí los tienes —le indicó Almudena señalándole con el índice unos folios sobre su mesa de despacho.

—¿Cómo lo has conseguido? —preguntó incrédulo por la eficiencia de su secretaria.

—Me los ha dado Arturo, estuvieron analizando el agua en diferentes puntos de la bahía de Cádiz.

—¿Entonces saben lo de los vertidos?

—Todavía no, saben que existe una posible fuga, un vertido ilegal o algo similar, pero no saben de dónde viene.

—¿Van a seguir investigando?

—No lo creo, no están cualificados, tampoco tienen el equipo adecuado.

—Sí, pero pueden ir al Ministerio, ¿o denunciarlo?

—No, de momento, le he dicho que me encargo de ello, le he hecho creer que presentaré yo misma el trámite.

—Sí, pero en algún momento se dará cuenta…

—Bueno…, de momento estarán un tiempo calladitos y la prensa no sabrá nada.

—Tenemos un veinte por ciento de las acciones de esa empresa, tú y yo, espero que no se te olvide, sería el final de nuestra carrera política —le advirtió seriamente Federico, clavando su mirada.

—No saldrá a la luz, duerme tranquilo —lo consoló con una caricia.

Francisco mantenía el aire acondicionado de su deportivo Audi R8 frente al *night club* esperando a Yllana. Su soltería y, por qué no decirlo, su dejadez le hacían frecuentar de vez en cuando el *night club* Singapur, en Palos de la Frontera. Llevaba catorce años viudo y desde entonces no se había emparejado, por eso frecuentaba los *night clubs*, por falta de tiempo. Hasta que conoció a esa tremenda mulata de chocolate, de andares gráciles, con su cabellera de leona. Cayó rendido a sus pies y le prometió la vida eterna en el paraíso, con el único pretexto de que se fuera a vivir con él. Francisco pagó la deuda de Yllana, otra víctima de las redes de trata.

Yllana fue una joven con talento desde los ocho años, bailaba como poseída por las ninfas, su sueño era ser como esas bellas bailarinas del Ballet Nacional de Cuba y aprender a volar en los escenarios, dejó los estudios y se centró en el baile, como tantas otras chicas de su quinta; muchas tuvieron que dejar su trayectoria debido a la preñez a pronta edad, dejándose llevar por adulaciones y promesas falsas de sus propios coreógrafos. Yllana se mantuvo firme ante esas relaciones de oferta y demanda, lo que la llevó a permanecer entre una más del montón. Cuando estuvo a punto de tirar la toalla por falta de trabajo y de ingresos, supo de unos sevillanos que andaban por la zona buscando nuevos talentos, se presentó al *casting* y fue seleccionada, sin darse cuenta de que las escogidas no eran las mejores bailarinas, más bien las que resultaban más atractivas, con cuerpos generosos. Cayó en la trampa, se quedaron con su pasaporte pagado por la empresa sevillana, junto a los gastos de billetes, mantenimiento y alojamiento. La deuda con los intereses era cada día mayor, y para cubrir la deuda, había que ofrecer un cuerpo a cambio, en un club de señoritas. Su desgracia le hizo comprender la crueldad humana, esclavizar a los de su propia especie, pero no era momento de lamentaciones. «Nena, hay que salir de esta».

Cuando conoció a Francisco, sintió a un hombre que había perdido su alma, era hora de darse una oportunidad. De alcanzar esos sueños o más bien esos deseos de proyecto de vida. Ya no podía recuperar el tiempo perdido, los años pasaban con asombrosa rapidez, y era demasiado adulta para participar en algún ballet o en una simple coreografía. Convertirse en madre de sus hijos podía ser un buen fin, Francisco la adoraba y ella lo sabía.

Solo había un inconveniente, Almudena, la hija de Francisco, no estaba por la labor de ver a su padre feliz, podrían haber sido dos buenas amigas, quizás en otra vida; en esta, eran dos gallos en el mismo gallinero. Yllana era tres años más joven que Almudena, pero eso no la amedrentaba, tenían un carácter muy similar, ninguna de las dos se dejaba pisotear. Las consecuencias derivaron en el distanciamiento de Almudena hacia su padre.

El bellezón abrió la puerta del copiloto y se dejó caer en el asiento ergonómico.

—¿Dónde vamos, mi amor?

—A ver la casa de tus sueños —le contestó, sabiendo la ilusión que le hacía.

Francisco había visto con anterioridad el cartel que anunciaba la venta de una villa en el pueblo de Mazagón, frente a la desembocadura del río Odiel, y contactó con el propietario de la inmobiliaria para visitar la casa, con su parcela de playa, junto al acantilado de duna fósil. Las vistas te enmudecían ante su grandeza, ¡cómo brillaba el mar de intenso azul y plata! Los grandes buques hacían la entrada y salida río arriba, junto a los muelles de Huelva.

Aparcaron frente al portón de la casa y llamaron al timbre con videoportero. Serafín, el agente de la inmobiliaria, salió a recibirlos, entre las presentaciones fueron dando una vuelta alrededor de la parcela.

—Aquí están las dos plazas de garaje y aquí en este lado tenéis una zona de encimera con fregadero y la barbacoa, con esta pequeña barra por si queréis hacer alguna fiesta con los amigos, es lo que más se usa en verano, con su nevera y su botellero.

Siguieron caminando por el jardín y al doblar la esquina, se toparon con la piscina, en la que un par de tumbonas se mantenían protegidas del sol por un enorme porche de madera, adosado al cuerpo del edificio, con unos ventanales correderos de considerables proporciones, ofreciendo al conjunto la sensación de que el salón del interior de la casa formaba parte de todo el entorno.

—Ay, mi amor, ¡pero qué lindo todo esto! Me voy a sentir como una princesa…

—El señor Francisco tiene muy buen gusto para todo… —los halagó el intermediario.

—¿Entonces te gusta? —le preguntó esperando su aprobación.

—¿Cómo que si me gusta? ¡Me encanta! Mi amor…

—Me dijo millón y medio —insistió Francisco.

—Así es, es lo que hablamos por teléfono —le confirmó Serafín.

—Entonces un diez de señal y el resto en notaría.

—Correcto, haremos un documento de señal para la compra y firmaremos donde usted me diga, aquí en Mazagón no hay notario, tendrá que ser en Palos de la Frontera.

—¡En serio que va a ser para nosotros! Ay, mi amor… —Terminaron de ver la villa de lujo, abriendo armarios, deleitándose con cada rincón de la casa.

El negocio de Francisco en su empresa para la elaboración de harinas de pescado Acuicultura Mares del Andalusí S. L. le generaba unos muy sustanciosos beneficios. Había dado en el clavo, por decirlo de alguna manera. Con la ambición de ganar dinero, era capaz de mezclar cualquier cosa con los sobrantes de panga que recibía de Vietnam para la elaboración de harinas de pescado, las cuales vendía al comercio del por mayor, para las diferentes piscifactorías del litoral. Su objetivo era comprar barato y vender caro. Cierto es que

Francisco fue uno de los pioneros en esto de la alimentación de piscifactorías, sin embargo, ello no le daba derecho a adulterar la alimentación con residuos poco convincentes.

Abusaba de los años que llevaba en el mercado, sus contactos le daban ese poder y esa fama no merecida. Qué le importaba a él lo que se pudieran comer unos peces, sabiendo que se comen su propia mierda mientras a él le generaran un dinero que le permitiera tener esos lujos; los que nunca tuvo en su juventud. Estaba harto de ser pobre, de ser Currito «el Chanclas» del barrio de Isla Chica. Ahora era don Francisco, luciendo ropa de marca y conduciendo un Audi R8; eso era otra cosa.

Recordaba su infancia cuando el hambre apretaba y el jornal de su padre no daba para alimentar a sus seis hijos; su madre, que en paz descanse, se mataba a trabajar en la casa, bueno, si aquello se podía llamar casa…

Una mañana su padre se lo llevó a pescar, frente a la Rábida, en Palos de la Frontera, insertó un gusano en el anzuelo y tiró la caña.

—*Paa*, ¿cómo los peces comen gusanos como los pollos?

—Currito, los gusanos comen tierra, los peces comen gusanos con sabor a tierra, los humanos comen peces con sabor a tierra, la tierra se come a los humanos con sabor a tierra y, al final, todo acaba y empieza.

A su corta edad no comprendió la explicación de su padre, pero con el tiempo sí empezó a entender lo que significaba. La lógica de todo estaba en que su masa especial para piscifactorías llevara un quince por ciento de tierra mezclada en las harinas, eso sí era hacer negocio.

Capítulo 5
Bahía de Cádiz

En la antigüedad, los marineros dejaban su cabello crecer lo más largo posible, esta diferencia con respecto a otros ciudadanos, que preferían tener el pelo corto para evitar los piojos y otras alimañas, tenía un sentido práctico. En el caso de caer el cuerpo al agua, el cabello tiene la habilidad de flotar, este a su vez permitía que el rescatador pudiese tirar del pelo para devolverlo a la superficie, e impedir que el desdichado se ahogase. Este acto de salvar vidas desarrolló la conocida frase de «se ha salvado por los pelos».

Por fortuna en España ya no es necesario llevar el pelo largo para que te salven de un ahogamiento. La primera sociedad de salvamento en la mar fue creada en 1880 y se le denominó Sociedad Española de Salvamento de Náufragos, copiada de la exitosa Royal National Lifeboat British Institution. Al comienzo eran un grupo de voluntarios con medios muy precarios. A finales del siglo XX, en 1971, se contabilizaron cerca de veinte mil náufragos rescatados, lo que instó al gobierno a la creación de una sociedad de salvamento. En 1979 se creó a nivel internacional un convenio de coordinación para la organización de recursos en misiones de rescate. *International Convention on Maritime Search and Rescue, 1979* (*Convenio Internacional de búsqueda y salvamento SAR 79*, que no entró en vigor hasta seis años después).

Teniendo en cuenta que España tiene casi ocho mil kilómetros de costa, los medios para vigilar el millón y medio de kilómetros cuadrados son, sin duda, un coste muy elevado. Así pues, el gobierno tuvo que crear un plan nacional de salvamento, la Sociedad de Salvamento y Seguridad Marítima (SASENAR) que vio la luz el 24 de noviembre de 1992 con la Ley 27/92 de Puertos del Estado y de la Marina Mercante. En general sus competencias son salvaguardar vidas humanas y sus bienes, proteger el medio ambiente marino, potenciar la seguridad, ayudar al control del tráfico marítimo, la asistencia a embarcaciones y el apoyo a Cruz Roja y Guardia Civil Marítima.

Nuestras costas se reparten un total de veintiún Centros de Coordinación de Salvamento, con una dotación de ciento veintiuna embarcaciones, la mayoría de tipo guardamar, de unos veinte metros de eslora, se identifican por su color naranja. En concreto en la bahía de Cádiz se encuentra en la zona del estrecho de Gibraltar la embarcación Alkaid en Mazagón, Huelva, la embarcación Gadir en Cádiz, la embarcación Dubhe en Barbate, la embarcación Alborán en Tarifa, la embarcación El Puntal en Ceuta, la embarcación Algeciras en Algeciras.

En la actualidad, en apenas cuatro años, más de setecientas embarcaciones han sido rescatadas por interacciones con orcas, nueve veleros hundidos y de momento ninguna víctima.

—¡Johannes! ¿Qué ha sido eso? —dijo exaltado Peter, al sentir un fuerte golpe en el costado del velero.

—No lo sé, habremos chocado contra un tronco.

—Coge la linterna y echa un vistazo.

La noche era cerrada, sin luna, en total encalmada. La tripulación de cuatro personas provenientes de Portsmouth, al sur de Inglaterra, trataba de alcanzar la marina de Queensway Quay, en el puerto de Gibraltar.

—¡Dios mío, qué está pasando!

—¿Qué te pasa, Johannes?

—No puedo mover la rueda, está bloqueada —le contestó apurado.

—¿Habremos enganchado algo? —Peter intentaba con la linterna ver qué sucedía alrededor del velero.

Súbito vio una enorme aleta con una mancha blanca sumergirse y otra junto a ella; al enfocar al mar con la linterna, vio que estaban rodeados por cuatro orcas ibéricas.

—¡Joder, las orcas están aquí! Despierta a Matthew y a Olivia.

—Hay que parar el motor, así se irán.

—¡Mierda! —exaltó Johannes.

—¿Qué pasa?

—¡Estamos sin gobierno! Nos han arrancado el timón.

—¡No jodas! ¿Nada de nada?

—¡Mira! Trabaja en vacío, han partido el cable.

—¡Voy a ver! —comentó Peter bajando las escaleras del velero, entrando en el camarote de popa para tratar de abrir el registro que da acceso a la limera del timón.

En realidad lo que se había partido era la biela de la mecha del timón, el esfuerzo había desplazado el eje, y un ligero hilo de agua empezaba a entrar por la limera del timón a la sentina de la embarcación. Cuando volvió a salir a cubierta, Olivia y Matthew trataban de derramar algo de gasolina al agua del bidón de la auxiliar; según tenían oído, daba buen resultado, y ello las ahuyentaba. Pero el invento no funcionó.

—¡No es el cable! Se ha partido la biela.

—¡Siguen ahí! No se van —Justo al acabar sus palabras, recibieron otro fuerte golpe, hasta tal extremo que la embarcación incluso se levantó.

—¡Ya han roto el timón! ¡Qué más quieren! —gritó desesperado Johannes.

—¡Johannes! Tenemos una vía de agua.

—¿¡Qué!?

—Han hecho palanca sobre el eje y entra agua por la limera —le confesó.

—¡Nos vamos a hundir! —avisó Johannes evaluando los daños.

—Hay que llamar a Salvamento Marítimo. —Buscó el canal diez y seis por la UHF, y presionó el botón.

—*Mayday, mayday, mayday*. Embarcación Happy Wind, embarcación Happy Wind, ¿me reciben? Cambio.

—Aquí torre de control de Tarifa, lo recibo alto y claro, Happy Wind, cambie a canal diez, cambio.

—(Canal 10 VHF) ¡Nos hundimos! —gritó desesperado, saltándose todos los protocolos—. ¡Nos atacan las orcas!

—Detengan la embarcación, no provoquen a las orcas, déjenlas, se marcharán pronto. —Sin embargo otro fuerte golpe quebró la fibra de vidrio, provocando otra vía de agua.

—¡Nos están atacando! —volvió a gritar por la radio, como si ello fuese a detener el ataque.

—Indique posición —se oía por el altavoz del velero.

—Treinta y cinco grados, cincuenta y cuatro minutos, noventa y ocho segundos, norte. Cinco grados, cincuenta y siete minutos, setenta y dos segundos, oeste —anotó Peter.

—Recibido, velero Happy Wind. La patrulla va de camino, pónganse los chalecos salvavidas. ¿Cuántos van a bordo? Cambio.

—Somos cuatro personas adultas.

—Recibido, no molesten a las orcas, cambien a canal seis, procedemos al rescate, corto.

—¡Johannes, el agua! —le señaló Matthew el interior del barco para que viera cómo el agua ya se veía en el interior de la embarcación y las maderas empezaban a flotar. Olivia, presa del pánico, comenzó a rezar y a berrear.

—¡No quiero morir, no quiero morir!

—¡Olivia, cállate, y haz algo! —la increpó Matthew, su marido. Olivia enmudeció los ojos vidriosos y desorbitados.

—Hay que preparar la auxiliar, ¡deja la balsa!, nos montamos en la auxiliar, coged agua para todos, el botiquín, algo de comida y chaquetas impermeables. ¡Vamos, rápido! —ordenó Johannes, que veía que el tiempo apremiaba.

—¡Las orcas siguen aquí! —señaló Peter completamente desubicado.

Soltaron la auxiliar del pescante, sin montar el motor fuera borda que permanecía falcado a la madera de la estructura del bimini, no había tiempo, además, la balsa se movía tanto que seguramente el motor fuera borda habría caído al mar. Matthew colocó varias bolsas conteniendo comida y agua, Olivia cogió las chaquetas y una manta, Peter llevaba consigo el botiquín y un cuchillo de cocina, Johannes permanecía en la bañera, frente a la radio.

El agua cubría media embarcación, el aspecto de ver todas sus pertenencias flotando en el interior era dantesco, surreal. No se podían creer que les estaba pasando a ellos, más de veinte años navegando en su velero por toda la vertiente atlántica y nunca había tenido un percance de ese calibre, justo cuando se habían jubilado. Después de tantos años de esfuerzo, fue el momento en el que decidieron navegar por las cálidas aguas del Mediterráneo. No se esperaban que Poseidón se tomaría el capricho de hundirles el barco. Apenas la cubierta del velero quedaba a la deriva entre dos aguas. Solo faltaba que Johannes se subiera a la auxiliar y esperaran a que el equipo de salvamento marítimo los rescatara.

—¿Por qué no hemos lanzado la balsa salvavidas? —le preguntó Matthew.

—Me siento más seguro en la auxiliar, además, llevamos remos, a unas malas podemos maniobrar.

En ese momento, entre la oscuridad de la noche, sobresalió del agua una de las orcas abriendo la boca como si quisiera saludar. Fue tal el susto que le generó a Peter que este sufrió una parada cardiaca, fomentada por el estrés y la adrenalina de la situación de emergencia y terror.

—¡Peter! ¡Joder, ayudadme a tumbarlo! —exclamó Johannes.

Intentaron masajearle el tórax, levantarle las piernas, nada hizo efecto. Peter no pudo soportar la tensión, las orcas del estrecho se cobraban su primera víctima.

Trascurrieron los minutos y se pudieron oír los motores de una lancha junto a sus luces de navegación, Matthew les hizo señas con la linterna. La lancha de salvamento marítimo, tras una inspección ocular, se abarloó a barlovento para protegerlos a su sotavento y que de ese modo fuesen subiendo de uno en uno a la lancha por el lateral, tras hacer firme la auxiliar inflable.

—Tenemos un fallecido —les comunicó Johannes.

—Lo sujetaremos a la auxiliar y la subiremos por popa —le contestó un joven con un casco blanco y un mono del mismo color que su embarcación.

Otros dos tripulantes lanzaron dos cabos, los hicieron firmes a la auxiliar y tras la operación, subieron con el molinete la auxiliar a la plataforma de popa. Uno de ellos se reclinó sobre el cuerpo de Peter, efectivamente, estaba muerto.

Dieron parte a la guardia civil de Tarifa, cuando la tripulación llegó a puerto ya los estaban esperando con un SAMU, y un despliegue de servicios de las fuerzas del orden. Les ofrecieron un hotel y les solicitaron que hicieran una declaración de los hechos, probablemente, para cumplimentar las estadísticas.

Si uno se pregunta: ¿por qué solo las orcas ibéricas de la bahía de Cádiz tienen esa conducta? ¿Por qué no es algo generalizado de la especie *Orcinus orca*? ¿Qué la hace diferente al resto de orcas?

Los bifenilos policlorados PCB son compuestos químicos altamente tóxicos, y durante muchas décadas, fueron arrojados al mar sin más preocupación, pero no solo los PCB, los humanos todo lo tiramos al mar, de una forma directa o indirecta. La mar se ha convertido en nuestro propio vertedero. Plásticos, pinturas, disolventes, aceites, muebles, nitratos, sulfatos, absolutamente todo termina en la mar. Durante décadas se han ido acumulando en el medio ambiente marino.

Los PCB entran en los organismos marítimos a través de su sistema digestivo, desde la base de la red trófica, alimentando a cada especie de menor tamaño a mayor tamaño. Cuando llega al túnido (atún), este almacena una enorme cantidad de componentes tóxicos y dañinos, incluso para la salud humana (el famoso metilmercurio). Las orcas son unas tremendas depredadoras que se encuentran en la parte más alta de la pirámide de la red trófica, y absorben toda la contaminación de PCB acumulada en las presas de su cadena alimenticia.

Algunos de los daños provocados por el exceso de agentes químicos son la atrofia de los ovarios en las hembras, reciéndoles su capacidad de fecundación; también se debilita el sistema inmunológico, de modo que contraen más enfermedades raras y malformaciones. Además, los PCB son solubles en grasa y las orcas tienen un alto contenido de grasas. En el periodo de lactancia, las crías al consumir leche materna absorben el PCB (hace algunos años encontraron una cría de orca muerta en las costas del golfo de Vizcaya, los análisis marcaron unas cantidades muy altas de PCB, veinte veces superiores a lo establecido por la UE, pese a llevar muchos años prohibidos).

El problema es que estos agentes químicos tardan mucho tiempo en desaparecer; otro gravísimo problema es cuando se producen reacciones altamente tóxicas entre los diferentes agentes químicos, al solaparse o combinarse con otros agentes químicos por accidentes industriales o por vertidos incontrolados.

En su niñez Hans Richman, con apenas seis años, se refugió en Suiza junto a su familia de origen judío, sus padres le vieron las orejas al lobo la noche de los cristales rotos en noviembre de 1938. Vendieron todo lo posible, incluso la casa de generaciones, y migraron a la neutral Confederación Helvética, antes de que esta cerrara sus fronteras. Justo cuando comenzó la invasión de Alemania a Polonia en septiembre de 1939, pues solo unas doscientas cincuenta personas consiguieron asilo en toda la contienda. Pasó toda su vida soportando la tragedia de su raza, solo su velero en los cortos fines de semana le proporcionaban el júbilo y la paz que necesitaba.

El día de su jubilación, decidió trasladar su velero del lago de Neuchâtel al Ródano y navegar por el mundo. Hans Richman era considerado el navegante más longevo conocido, con noventa años de edad. Había circunnavegado dos veces el globo con su velero de 34 pies, la mayoría de veces como navegante solitario. Se dirigía rumbo al Mediterráneo tras una larga estancia en las Azores, a su vuelta del Caribe. Para ello, debía cruzar el estrecho de Gibraltar. Hans desconocía las noticias de lo que sucedía en la zona, nunca había oído hablar de «orcas rompetimones». Cuando fue atacado solo pensó en defenderse, era su reacción natural, la de cualquier ser humano.

Aquella mañana, dos crías de orca se colaron por su popa y le destrozaron el frágil timón. Cuando tienes la información, cuando sabes lo que está sucediendo, puedes actuar conforme a las exigencias estatales o a la idiosincrasia gubernamental de los expertos, y cumplir con el protocolo. Pero Hans no poseía esa información, y actuó como pensó que debía de actuar un marino anciano, que lucha por su alma y por su medio de vida. Cogió el cuchillo largo de la cocina, el mismo que usaba para destripar y limpiar los dorados o las barracudas que solía pescar. Lo encintó a su bichero y, utilizándolo como arpón, le atestó de lleno a la dorsal de la orca cría, que estaba situada justo debajo de él, en el espejo de popa. Con los dos brazos le introdujo el filo del largo cuchillo, sintiendo el crujido de la carne.

—¡Toma, hija de puta! ¡¿Quieres joderme?! ¡Si me voy al infierno, tú te vienes conmigo!

La cría de orca estaba herida de consideración, tonelada y media de cetáceo quedó paralizada. Hans, sin saberlo, le había seccionado la medula espinal, justo detrás del cerebro. Gladys, la orca madre, no se quedó atrás, embistió el velero. Hans recuperó el equilibrio, sabía que aquel animal de cinco toneladas y de seis metros de longitud lo estaba atacando, y que fácilmente podía reventarle su barca de poliéster. Pese a que no era un hombre robusto, pero sí fibroso, no se dejó acobardar por la situación.

Hans era un marinero muy veterano, había conocido a bandas de narcotraficantes en Barbuda, en Colombia, en México. Había superado tifones en las costas de Japón y Tailandia, pocas cosas lo intimidaban, y una orca asesina no lo iba a doblegar. Trató de fabricarse otro arpón, pero el golpe en la carena del velero le hizo perder el equilibrio y cayó. Al levantarse para plantarle cara a aquella bestia marina, esta lo volvió a embestir y esta vez la fibra sí cedió, provocando una vía de agua. Hans entendió quién tenía todas las de ganar. Aquel cetáceo estaba en su medio, de modo que se puso el chaleco salvavidas y trató de contactar con la torre de control marítima de Tarifa.

—*Mayday, mayday, mayday*, aquí velero Constanza, velero Constanza, ¿me reciben? Cambio.

—Lo recibimos, velero Constanza.

—Estoy siendo atacado por orcas, tengo una vía de agua, necesito un rescate —explicó con toda la sangre fría que se puede tener.

—Pare motor, indique su posición, velero Constanza, por el canal diez, y no moleste a las orcas.

—(Canal 10 VHF) Treinta y cinco grados, cincuenta y seis minutos, noventa y cinco segundos, norte. Cinco grados, treinta y ocho minutos, diez y siete segundos, oeste. ¿Me copias? —repitió mirando la pantalla del *plotter* junto al timón. Hans recibió otro fuerte golpe y la fibra volvió a ceder.

En pocos minutos el barco estaba medio hundido, sin electricidad, sin radio. Hans trató de recuperar sus pertenencias y soltó la balsa salvavidas, pero otro impacto de Gladys lo presionó contra la obra muerta del casco y le reventó los pulmones, acabando con su vida al instante. Cuando los de salvamento marítimo llegaron al lugar, solo quedaban algunas maderas, trozos de fibra a la deriva y el cadáver de un anciano flotando sujeto a su chaleco. La tripulación recuperó el cuerpo del desdichado suizo y dieron parte a las autoridades. Hans Richman, el navegante más longevo de la historia, se había convertido en la segunda víctima de la orca ibérica.

Capítulo 6
Los negocios son los negocios

La empresa Ecominersistem S. A. era subsidiaria de la empresa propietaria de la presa de Berrocal, donde se almacenaban los agentes tóxicos de la minería de la zona, con el peligro de que volviese a suceder lo mismo que ocurrió varias décadas atrás en Aznalcóllar en el año 1998. En estas circunstancias se deben espesar los lodos, reduciendo el agua al máximo, puesto que un incremento de aguas no solo aumenta el riesgo de licuación, sino que, además, la presión que se ejerce sobre los muros aumenta considerablemente y podría reventar el dique de la balsa.

Los vertidos extraídos de la minería oscilan entre un 65 % de líquidos y un 35 % de sólidos. Las cuantías que se pagan al gobierno por el alquiler de los terrenos donde se ubican estas balsas son desorbitadas. Una de las estrategias es no tener que subrogar otros terrenos, es decir, que todo se solucione con una sola balsa. Y para que no se llene la balsa, lo que hay que hacer es precisamente no llenarla, las tuberías de conducto solo reconducen una parte de los residuos, el resto se hace desaparecer por otros medios. Y es exactamente a lo que se dedicaba la empresa Ecominersistem S. A. Por las noches una parte de los residuos tóxicos eran directamente vertidos al río Odiel desde diferentes enclaves. Al igual que la industria suelta todas sus emisiones de gases a través de sus largas chimeneas en las horas de nocturnidad, cuando son poco visibles por la ciudadanía.

Tanto los gobiernos como la propia estrategia de la industria deben reducir en lo máximo la entrada de aguas en las balsas, donde los sistemas de drenaje deben expulsar todos los contenidos líquidos. Sin embargo, esos mismos líquidos no dejan de ser inocuos, también son altamente tóxicos y contaminantes.

El área de geoquímica y sostenibilidad minera del Instituto Geológico y Minero perteneciente al CSIC analiza todas las presas del territorio español, 67 en total, de las cuales 17 han tenido roturas desde 1960, causando graves riesgos a la agricultura, los acuíferos y a la población humana, por inadecuados sistemas de drenaje. Aznalcóllar vertió seis millones de metros cúbicos, con un coste medioambiental de 143 millones de euros que ha tenido que sufragar la población española, pues, a día de hoy, todavía están pendientes de cobro.

En el caso de que Riotinto tuviese una rotura estaríamos hablando de una catástrofe diez veces la de Aznalcóllar. Por desgracia, evitar la rotura de una presa no exime del peligro de contaminación, puesto que los poros del suelo siguen absorbiendo parte de los líquidos que permanecen en las capas freáticas de la propia balsa. Se estima que permanecen a unos tres metros de profundidad y que, a su vez, son absorbidos por el terreno a posibles escorrentías, y posteriormente a los acuíferos o ríos de la zona.

El mineral del cobre solo está presente en un 0,4 % de la roca, y se necesitan grandes cantidades de agua y procesos químicos para su depuración; una vez obtenido el polvo de cobre, este es enviado a las fundiciones. El cobre tiene una alta demanda, puesto que se utiliza para casi todo en nuestra industria, y para los coches eléctricos, la demanda mundial actual es desorbitada.

Como es evidente, la reducción del agua en los residuos mineros es doblemente importante. Evitar los lodos por pastas más densas, pero estas técnicas solo se aplican en empresas mineras muy tecnificadas, y no en todos los países. Volvemos a lo de siempre, lo barato puede salir muy caro.

—Escúchame, tendréis que rellenar el líquido en autocubas y soltarlo río abajo —comentó Federico por el auricular de su teléfono.

—Fede…, sabes que no hay ningún problema…

—Y no tengo que insistirte en que todo esto quede en el más absoluto anonimato, ¿me entiendes?

—Sí, me ha quedado claro —le repitió al otro lado del auricular.

—Si queremos evitar la recrecida de los diques no nos queda otra que reducir las aguas contenidas, estamos hablando de diez millones anuales, ¿*capisci*?

—Lo que tú digas, Fede…, ya sabes que puedes contar conmigo.

La empresa Ecominersistem S. A. había recrecido los diques con el sistema de crecimiento denominado «aguas arriba», muy utilizado en otros países como Perú y Chile, pero debido al alto riesgo de rotura se optó por el espesado de lodos succionando los líquidos y vertiéndolos en otras balsas para su recirculado y depuración (o eso hacía creer). Ecominersistem S. A. empleaba a trescientos ochenta trabajadores del condado de Huelva, de forma directa, y a dos mil setecientos trabajadores de forma indirecta, facturando doscientos cincuenta millones al año. Su comité de expertos alegaba que esta práctica era la única vía posible para evitar accidentes mayores, puesto que una rotura del dique supondría la ruina del sector y de toda la región. Los informes y los certificados venían firmados por los expertos de la propia empresa, alegando la estabilidad de los taludes. Con ello, la sociedad anónima conseguía aumentar el porcentaje de solidos del 35 % a un 50 % alegando que se hacía por seguridad, y para el ahorro de energía y cal. Paralelamente, la Junta de Andalucía daba su consentimiento con una declaración medioambiental favorable, tras la obtención de esta autorización ambiental de la Delegación Territorial de la Consejería de Industria, Energía y Minas; al igual que el Patronato Nacional de Doñana (los amiguetes se cubrían bien unos a otros).

—Tendrás que suprimir por un tiempo el vertido de esas aguas —le recomendó Almudena.

—¿Te has vuelto loca?, ¿sabes de cuántos millones estamos hablando? —le recordó Federico.

—No importa; si nos descubren, todo ese dinero no nos servirá para nada.

—Pero tú quieres pagar tu nuevo piso, ¿no? —la desafió.

—Entonces tendrás que verterlo en otros lugares, menos comprometedores —le recomendó.

—¡Esta vez me he adelantado!

—Qué grande eres... ¿y dónde? —preguntó curiosa.

—Es mejor que no lo sepas, pero lejos del Odiel.

—¿Con las autocubas?

—¡Así es!

—¡Magnífico! —Almudena y Federico se besaron con pasión para celebrar su éxito.

Francisco llegó despues del almuerzo, aparcando su Audi R8 debajo del umbráculo que tenía expresamente para su coche, buscando algo de sombra. Al llegar vio el furgón del inspector de sanidad, no solían ir mucho por la fábrica, pero sí se dejaban caer de vez en cuando para cubrir el expediente y revisar el tema de plagas y ratas. Los piensos y harinas de pescado atraen a sus adictos roedores.

—Buenos días, don Francisco —lo saludó el joven inspector.

—Buenos días, Martín, ¿qué hay de nuevo? —lo saludó de forma amigable y campechana.

—¡Ya ve! Otra vez aquí —le contestó con una mueca de abnegación.

—A ver cuándo jubilas ese viejo furgón, cualquier día se le caen las puertas.

—Buaaa, ya quisiera yo su bugaa.

—¿Te doy una vuelta? ¿Quieres probarlo? —lo provocó Francisco para distraer su atención.

—¡¿Me lo dice en serio?! —exclamó incrédulo el joven.

—¡Venga! Quizás sea la única vez en tu vida —le regaló una sonrisa, viendo que el joven había picado el anzuelo.

Se subieron al coche y Francisco se lo llevó a la entrada de la autopista, Martín cogió el volante tras cambiarse, condujo hasta la siguiente salida y volvieron a la fábrica.

—¡Qué pasada de coche! Menudo subidón, no me lo puedo creer.

—Mira, lo que tienes que hacer es ahorrar, quizás algún día te lo puedas permitir.

—¿Con mi sueldo de funcionario? —Se echó a reír.

—A ver, Martín…, tú me ayudas y yo te ayudo, si la empresa va bien y seguimos con los permisos, alguna propina te puedes llevar —le gesticuló con los dedos.

—Bueno, de momento no hay ningún problema, está todo en orden… —comentó alzando los hombros.

—Bien, ya me has entendido, que siga así por mucho tiempo —le recordó poniendo su mano sobre su hombro.

—Sí, don Francisco —concluyó agachando la cabeza con timidez.

Martín se despidió, subió a su vieja furgoneta con el rótulo verde donde se leía «Junta de Andalucía». Francisco abrió la puerta metálica y entró en la nave.

—Curro, ahora mismito s'acaba de *marchá* el de *sanidá* —lo informó Genarito.

—Lo sé, me he topado con él, ¿se ha llevado muestra de la nueva producción?

—No, los de tierra los tengo aparte, como llevan el mismo saco no *sa dao* cuenta, *sa confiao* y no *sa llevao* ninguna muestra, esta *ve*.

—Qué grande eres, Genarito, vamos a hacer mucha pasta tú y yo. ¡Qué contenta vas a tener a la parienta!

—¡Eso, que mi Lola pide *ma* que un teniente *generá*! —Él solo se echó a reír.

Pese a todo, Genarito era un hombre de gran corazón, de los que no matarían una mosca, no sé hasta qué punto era consciente de lo que realmente estaba haciendo, quizás no lo entendía o no le veía maldad alguna; él solo mezclaba cosas, las trituraba y luego se hacía la pasta que se deshidrataba y envasaba, qué tenía eso de malo, no había matado a nadie. Genarito no entendía la repercusión que conllevaba mezclar esa cantidad de carnes y huesos en la trituradora, ¡pero si los peces se lo comían muy a gusto!, y ¡qué gordos se ponían con tanta proteína! Le gustaba incluso a él. Nadie le había explicado que si un pez come carne, se vuelve más agresivo, lo incita al canibalismo. Pero eso era cosas de científicos, no de un pobre hombre que rozaba el analfabetismo. Genarito apenas sabía leer y escribir, nunca tuvo esa oportunidad, eran cuatro hermanos y dos hermanas. A muy pronta edad tuvo que empezar a trabajar, primero en el campo con su padre, cuando este faltó, con su tío, con las mulas, ni tan siquiera terminó su EGB.

Francisco se sentía satisfecho, por fin los negocios iban *in crescendo*, se sentía pletórico, manejaba la pasta a su conveniencia, el dinero llama al dinero. Sus clientes viendo su tren de vida entendían que su negocio era digno, rentable y de calidad, ninguna piscifactoría dudaba de su reputación de años. Los peces daban la talla y el peso deseado a un bajo coste, es lo único que a la piscifactoría le importaba; lo demás son bulerías.

—Escucha, José Manuel, tengo un nuevo producto, es un granulado más consistente, te lo podría dejar a buen precio… y de cada diez sacos uno sin impuestos, tú ya me entiendes.

—Hombreee, Franciscooo, viniendo de ti no hay duda, ¿a cómo va la tonelada?

—El mercado cerró a mil setecientos la tonelada, yo te podría dejar esta partida a mil quinientos y el detallito ¡por ser cliente de toda la vida! Vamos…

—Gracias, Francisco, prepárame doce toneladas, te envío el camión mañana a las diez para la carga.

—Gracias a ti. Genarito lo tendrá todo preparado y paletizado.

—Saludos. —Colgó.

En el almacén se estaban deshidratando cuarenta toneladas de su última fórmula, no quería precipitarse, lo aconsejable era ir tratando y tanteando con los diferentes clientes, y ver los resultados; si la cosa salía con éxito, quizás podría llegar al veinte por ciento de tierra mezclada en el proceso de la masa de harinas…

Muy poca gente está capacitada para poder apreciar ese color más claro y ese ligero sabor a tierra al comer pescado de piscifactoría.

Capítulo 7
Silencio

Si eres buceador, sabes que uno de los motivos más emocionantes de las profundidades es el silencio. Nieves, totalmente emocionada por la noticia, llamó a su amigo del alma.

—¡Arturo!, he recibido una carta del Ministerio de la Marina, nos han felicitado por el hallazgo del pecio fenicio, y nos invitan a participar en la extracción de las ánforas.

—¡Magnífico, qué buena noticia! ¿Lo sabe Roberto?

—Todavía no, voy a llamarlo ahora mismo.

—¿Para cuándo?

—Dentro de dos semanas, para el jueves veintidós, nos permiten hacer fotos de todo el proceso.

—Pero ¿a quién has sobornado? ¡Qué buena noticia! No me lo puedo creer.

—¡Parece que los milagros existen! —explotó de júbilo.

—Llama a Roberto, ahora tengo que atender a unos clientes.

—Nos vemos en el Piolo, como siempre. —Colgaron.

Una ánfora es una pieza de barro cocida de aspecto globular o tubular, para contener líquidos o alimentos, la forma se adecua a su contenido, una ánfora para contener aceite no tiene la misma forma que si contiene salazón o vino. Sin embargo, sí tienen en común la base picuda (ánfora tipo T-3). Las ánforas de contenido sólido, las que contienen cereales, son de base plana. La diferencia se debe a que los líquidos por lo general suelen depositar residuos de decantación, y estos se quedan presos en el cono del fondo. Los medios de filtrado en la época eran sencillos, por ello, se generaba mucho poso. En los viajes, el movimiento ayudaba en ese proceso de decantación, las partículas más pesadas o gruesas se depositaban al fondo del contenedor, en un espacio cónico reducido. La colocación de dos asas geminadas generalmente se ubica cerca de la boca, dependiendo del contenido y de la moda de la época; en otras ocasiones, se acerca a la panza de la ánfora.

Las ánforas tienen un código de procedencia y de fabricante, puesto que el ceramista solía utilizar un sello identificativo de su trabajo, era como una firma de calidad y origen. Este sello estampado ha ayudado a los arqueólogos submarinos a identificar el pecio, o al menos, a la procedencia de la carga, e incluso a la datación, dependiendo del tipo de ánfora.

Nuestras costas están repletas de ellas, de diferentes lugares del oriente mediterráneo, Sicilia, Rodas, Creta, Samos, Marsella. Existen catalogados cuarenta y cinco tipos de ánfora, en un trabajo realizado por el profesor Heinrich Dressel, que datan desde el siglo VIII a. C. hasta el siglo II d. C. es decir, desde la época fenicia, pasando por la época púnica, griega y romana (y otras minoritarias como la etrusca, tartésica, ibera o gala).

Lo sorprendente es que, siendo de barro cocido, hayan perdurado durante siglos, incluso milenios en el fondo del mar prácticamente intactas; se suelen descomponer, romper o resquebrajar a la hora de su extracción.

Dos semanas después, se encontraban a bordo de una enorme embarcación, cedida por los servicios de arqueología submarina de Murcia, en el que ya se habían realizado este tipo de operaciones en las costas de Mazarrón y Cartagena.

—Hay que colocarlas en la red más despacio, con suavidad, de modo que cuando tiren de ella, la red reparta la presión sobre toda la ánfora y no en un punto concreto, de ese modo se parten por la mitad o incluso se rompen del todo —explicaba Nieves a los jóvenes que formaban parte de la expedición Caballito de Mar.

Así se denominaba la operación de rescate de unas cincuenta ánforas, que todavía descansaban en la sentina de un barco fenicio, reconocido fácilmente por conservar su cabeza de caballo en la proa y por su excelente estado de conservación.

La embarcación de cabotaje era de las más pequeñas construidas por los fenicios, nueve metros de eslora por tres de manga; los barcos de más eslora se empleaban para las grandes cargas o para la guerra.

Roberto y Arturo se encontraban en el agua, junto al equipo de profesionales asignados para la extracción de las ánforas, otro barco estaba ocupado por algunos fotógrafos ávidos de la noticia, compartiendo el espacio con los reporteros subacuáticos que filmaban todos los movimientos, para el reportaje y posterior documental que RTVE estaba realizando sobre el descubrimiento.

A tan solo diez y nueve metros de profundidad, se encontraba el muerto con el cabo y la boya que marcaba la posición del pecio. Todo indicaba que una tormenta los habría sorprendido, y al tratar de buscar refugio cerca de la costa para entrar en el río Odiel, una ola los envolviera de través y le diera la vuelta a la embarcación, con su consiguiente hundimiento (un barco de esas características no se hunde cerca de la costa por una vía de agua, se hunde por los temporales de levante). Dos buceadores a través de una manguera iban absorbiendo la arena y los sedimentos que se encontraban en los alrededores, a modo de aspirador, para limpiar la zona y poder trabajar en la extracción con mayor precisión. Otros dos buceadores iban colocando las redes en las que se irían depositando una a una las ánforas, manipuladas con mucho cuidado para que no se partieran. Años atrás las cubetas no habían dado un buen resultado. Pese a todo el trajín, Roberto le señaló a Arturo que prestara atención a la baba blanquecina que los rodeaba, aquella baba que tanto le había llamado la atención un mes atrás. Arturo cogió uno de los botes e intentó recoger muestras de aquellos extraños sedimentos.

Después de unas cuatro intensas horas, turnándose en dos equipos, apenas habían subido una cuarta parte de las ánforas. Algunas de ellas todavía conservaban la tapa, lo que indicaba que su contenido era de vino, se apreciaba cerca de la boca el sello con la firma PIAPA, todas eran del mismo tamaño y forma, lo que indicaba que eran de un único contenido. Fuera del agua y realizando algunos análisis, podrían saber más sobre la procedencia y destino de la carga, así como de las ánforas. De momento, no podían seguir por temas de descompresión. Liberaron el cabo que sujetaba la boya al muerto, para que no llamara la atención de los indeseados buceadores piratas, y tomaron la decisión de seguir al día siguiente.

—¿Qué tal, cómo ha ido? —les preguntó Nieves a Roberto y a Arturo.

—Va todo muy bien, son buenos profesionales, se nota que tienen experiencia —contestó Roberto con cara de felicidad.

—¡Sí, es cierto! ¡Y mira!, te he traído un regalo —le confirmó extendiendo el brazo para darle el bote a Nieves, que permanecía en su barco.

—¿Qué es esto? —le preguntó curiosa.

—El sedimento que me llamó la atención la última vez que bajamos, puede que tus sospechas no sean en vano —respondió Arturo.

—Te lo dije, pero tu testosterona te impide entender las cosas —le reprochó Nieves; los dos se miraron fijamente retándose.

Volvieron todos al puerto de Mazagón, descargaron las cámaras y todo el material, ansiosos de poder seguir al día siguiente, hasta que se concluyera la operación, ya que el propio pecio sería rescatado más adelante, por temas administrativos, de conformidad con los principios de la Convención de la UNESCO sobre la Protección de los Derechos del patrimonio cultural sumergido.

Finalizaron los trabajos y la operación Caballito de Mar concluyó con éxito. Sonó el teléfono.

—Hola, Nieves, tenemos que hablar —le susurró Carmen.

—¿Qué ocurre? Me estás asustando…

—El resultado de las pruebas no te va a gustar.

—¿Has encontrado algo?

—Sí, y es un poco complejo de explicar por teléfono.

—Está bien, termino a las seis. ¿Nos vemos donde siempre? —propuso Nieves.

—Sí, a las seis está bien. —Colgó.

A Nieves no le gustó la situación, llevaba mucho tiempo esperando este momento, pero con la esperanza de creer que estaba equivocada; la reacción de Carmen, la bióloga del laboratorio, le deparaba que las malas noticias la estaban esperando, algo negativo, cuyo sexto sentido estaba a punto de desvelarse. Cogió el móvil, presionó sobre Arturo y la llamada empezó a sonar.

—Hola, ¡¿qué tal?! —sonó alegremente la voz de Arturo.

—Me temo que malas noticias. ¿Estás libre a las seis?

—¿Hoy? —preguntó algo sorprendido.

—Sí —contestó.

—¿Es importante?

—Me temo que sí.

—Está bien, tengo gimnasio, pero podemos vernos.

—¿Has hablado con Roberto?

—Roberto está toda la semana de guardia, ¿lo has olvidado?

—Pues la verdad es que sí. ¿Donde siempre?

—Correcto, vendrá Carmen, la del laboratorio —le adelantó Nieves.

El resto de la mañana Arturo se quedó dubitativo, ¿qué estaba pasando? ¿Por qué Nieves no le había explicado lo que estaba sucediendo, tan complicado era que no se lo podía explicar por teléfono? Se quedó impaciente el resto de la tarde. A las seis menos cuarto ya estaba en el bar de Piolo, apenas unos minutos más tarde llegó Nieves.

—¿Qué es eso tan importante que no me has podido decir por teléfono? —le reprochó Arturo al levantarse de la silla para saludarla.

—Siéntate, me temo que no tengo buenas noticias…, pero tampoco sé exactamente toda la información, me ha llamado Carmen esta mañana y me ha asustado. —Cuando apenas había terminado sus palabras llegaba ella.

—Hola, ¿qué tal?, ¡vaya puntualidad!

—¡Bueno, nos has tenido en ascuas todo el día! ¡Desembucha! —se impacientó Nieves.

—¡Piolo, tres cañas! —gritó Arturo desde la mesa de la terraza.

—Vamos por partes… Primero, los sedimentos que trajisteis son provenientes en su mayoría de algunas piscifactorías, son desechos con un altísimo nivel de compuestos nitrogenados y fósforo, que desencadenan una importante eutrofización, lo que desestabiliza el entorno marino y la pradera oceánica, cuando esta suele ser más oligotrófica, es decir, más pobre en nutrientes.

—Sabemos que existen algunas piscifactorías, pero no puede ser tan grave, digo yo… —Arturo enmudeció tras la mirada asesina de Nieves, para que se callara y dejara hablar a Carmen.

—Las piscifactorías generan una enorme cantidad de residuos por los excrementos, estos excrementos conllevan fármacos que están incluidos en la dieta de los peces, como antibióticos o fármacos antiparasitarios, mezclados en sus alimentos a través de las harinas de pescado.

—Bien, pero eso ya lo sabemos —la cortó Arturo.

—Pero ¿te quieres callar? —le pidió Nieves.

—Ahí voy. Lo que os he contado es lo habitual en las zonas de costa con granjas marinas, lo que ocurre es que hemos encontrado un altísimo nivel de proteínas cárnicas y esto sí es inusual. También metales pesados de zinc, níquel, plomo y mercurio, combinados con los sedimentos. ¡Eso es una bomba!

—¡No entiendo nada! —alegó Arturo.

—¡Los ataques del cardumen! —observó Nieves.

—Es lo que estamos tratando de analizar. Verás: las lubinas y las corvinas se convierten en peces altamente depredadores y voraces, llegando al canibalismo si han sido alimentadas con proteínas cárnicas.

—¿Y tú crees que los peces que han atacado a los bañistas este verano son corvinas?

—Se ha debido de producir una fuga de peces de alguna piscifactoría, por algún motivo, y estas, por falta de alimento, han atacado impunemente a los bañistas que se han ido encontrando.

—Pero eso suena a ciencia ficción —observó incrédulo Arturo.

—Necesito que toméis más pruebas en un perímetro y detectar dónde está el foco de los residuos —solicitó Carmen mirándolos a ambos.

—Los tendrás —sentenció Nieves, mirando seriamente a Arturo.

A la semana siguiente Roberto libraba, de modo que aprovecharon la ocasión para tomar más muestras. Decidieron tomar como referencia el punto donde se encontraba el pecio, el primer día tomaron muestras por estribor en dirección al Guadalquivir, el segundo día a su babor en dirección al Guadiana. Un frasco por cada cuatro millas. Al finalizar la recogida y de vuelta al puerto de Mazagón, Roberto se impulsó a preguntar:

—¿Qué?, ¡¡nos animamos a unas cañas!?

—Me temo que no va a ser posible, tengo que empaquetar mis discos y mis cosas para la mudanza.

—Oooooooh, ¡ya estamos ahí! —se burló Roberto—. ¡No te cases, no pierdas tu libertad, todavía estas a tiempo!

—No le hagas caso, está celoso porque a él nadie lo quiere —bromeó a su vez Nieves.

—¡Otro día, chicos!

Arturo volvió a su apartamento para terminar de empaquetar todas sus pertenencias, al día siguiente entraba la empresa que habían contratado para la mudanza. Empezarían por el estudio de Almudena, descargarían en el nuevo apartamento y luego continuarían con el estudio de Arturo. De ese modo, tenían todo el fin de semana para poder abrir las cajas y empezar a ordenar el ajuar, libros, ropa y un largo etcétera. Los muebles, las cortinas, todo estaba en su sitio, incluso los cuadros ya estaban colgados en las paredes.

—¡Esto ya parece un hogar! —exclamó feliz Arturo.

—¿Un hogar? Yo lo que veo es un caos de cajas de cartón, trastos y papeles por doquier.

—Almudena, solo es cuestión de tiempo, en breve todo estará en su sitio: cada libro, cada camisa, cada zapato…

—Me encanta que lo veas todo tan fácil y que no te estreses por nada.

—¡Por eso nos complementamos! Además, te prometo que antes del sábado estará todo en perfecto orden de revista.

—¿Antes del sábado? ¡No te irás otra vez el fin de semana! ¡Aquí hay mucho que hacer!

—Les he prometido a los colegas que el sábado bucearíamos el pecio —dijo inocentemente para disculparse.

—¡Pero ¿todavía estáis con eso?! ¿No habíais terminado de sacar las ánforas?

—Sí…, pero saqué unas muestras del sustrato marino y no pinta nada bien, hemos encontrado residuos tóxicos.

—¡Arturo!, os vais a meter donde no os llaman y os traerá consecuencias —le comentó levantando la voz.

—Solo son unas muestras que llevamos a analizar, si encontramos algo lo entregaremos al organismo competente; no pretendemos aleccionar a nadie, nos hemos topado con algo extraño y queremos entender qué es, sin más.

—¡Creo que te estás metiendo en un terreno donde nadie te ha pedido participación! —le atravesó la mirada.

—Entiendo tu defecto profesional, estás acostumbrada a estos trámites burocráticos, pero no te preocupes. No invadimos las competencias de nadie —le explicó inocentemente, desconociendo el verdadero origen de su enfado.

—¡Creo que te dejas influenciar demasiado por esos colegas tuyos! —volvió a insistir Almudena.

—¿Qué te preocupa? —preguntó sorprendido por la reacción de su futura esposa.

—No quiero que la administración, la guardia civil o quien sea os multe, u os llame la atención, ¿sabes lo que repercutiría en los medios de comunicación?, ¿entiendes las consecuencias que podría suscitar?, ¿la responsabilidad en la que me metes y los votos que podríamos perder? —mintió a medias Almudena.

—Pero, cariño…, que no es para tanto…

—¡Creo que no valoras mi carrera profesional y política! —lo amenazó.

—¡Claro que valoro tu trabajo! Y estoy orgulloso de ti, pero no entiendo qué tienen que ver unos contaminantes tóxicos en la bahía de Cádiz con tu carrera; eres una empleada, no eres tú quien toma las decisiones…

—¡No sigas por ahí! ¡Tú no entiendes nada! El ciudadano está alerta de cualquier movimiento para poderte dilapidar, ¿sabes? —Arturo enmudeció.

Conocía sobradamente a aquella bellísima mujer, que desde edad muy temprana tuvo que hacerse respetar, la hija del «Chanclas» de Isla Chica. Con apenas diez y seis años intentaron violarla, estaba muy desarrollada para su edad, aquellos bellos pechos y su sublime figura llamaban mucho la atención. Defenderse de piropos e insultos era muy común en el barrio de Isla Chica, con gente poco acomodada y pueril. Era mejor serenarse; cuando Almudena enseñaba las uñas, sus razones tenía.

—Está bien, les diré a los chicos que no cuenten conmigo. —Era mejor recular que continuar con la discusión.

Arturo llamó a Nieves y a Roberto, excusándose de que por motivos de la mudanza y con todo el ajetreo de poner la casa a punto no disponía de tiempo suficiente. No podía ir y seguir tomando muestras en otros veriles de la costa. Sus camaradas comprendieron la situación. Por motivos de seguridad, para que Roberto no buceara solo (es aconsejable bucear en pareja), llamaron a otro compañero de andanzas. Tomaron las muestras requeridas y esperaron los resultados.

—¡Hola, Nieves! Soy Carmen, ya tengo los resultados —le comentó tras el auricular.

—¿Cuándo podemos vernos? —le preguntó Nieves.

—¿El jueves por la tarde te viene bien?

—¿Donde siempre? —le contestó.

—Sí, donde siempre —le confirmó Carmen.

Nieves, sabiendo lo ocupado que estaba Arturo, no quiso llamarlo, únicamente le envió un escueto mensaje a su WhatsApp. El mismo jueves se reunieron Nieves, Carmen, Roberto y Arturo en el bar de Piolo.

—El contenido de las pruebas es arrollador, no nos esperábamos que el agua estuviera tan contaminada por el efecto de la minería.

—Aquí ha habido minería incluso antes de que llegaran los fenicios —rectificó Roberto.

—Sí, estas han sido cuencas mineras desde siglos, quizás por eso están empezando a saturarse —respondió Nieves.

—Es cierto, pero estos índices no son normales. Os he traído un mapa de toxicidad que hemos elaborado según las muestras que habéis aportado, ¡mirad! —En la fotografía de la bahía de Cádiz, aparecían unas marcas difuminadas que teñían el mapa de un tono amarillo a un naranja y finalmente en rojo la zona que coincidía con el río Odiel.

—Está claro que se está produciendo una fuga desde algún lugar río arriba, eso ya nos lo temíamos, pero ahora ya estamos seguros de ello —reaccionó Nieves.

—Pero eso no es todo, hemos detectado que se están empleando proteínas cárnicas con toda seguridad en las piscifactorías de la zona, es algo que también sospechábamos y que ahora ya podemos confirmar con seguridad.

—Pero ¿qué significa esto realmente? Quizás lo de las piscifactorías es legal, no lo sabemos —añadió Arturo.

—No he tenido tiempo de indagar, pero me temo que está complicando las cosas. Según hemos deducido, los ataques a los bañistas sí se han producido por cardumes de corvinas, que han sido alimentadas con harinas que contienen proteínas cárnicas, convirtiéndolas en peces altamente voraces y depredadores, atacan a cualquier cosa que se mueve, como las pirañas.

—¡Mi suegro tiene una de esas empresas!

—Sería conveniente hablar con él, quizás sepa quién está modificando el pienso destinado a las piscifactorías —expuso Carmen.

—Sí, tengo su teléfono —respondió Arturo.

—Tampoco creo que haya muchas empresas dedicadas a hacer piensos de harinas de pescado —concluyó Roberto.

—Eso es verdad…, a no ser que venga de fuera… —planteó Nieves.

—No será difícil averiguarlo —comentó Carmen.

—Creo que podremos averiguar algo —concluyó Roberto con una gran sonrisa de satisfacción preconcebida.

—Pero eso no es todo, solo es la base de la pirámide —argumentó.

—Ah, pero ¿que hay más? —se sorprendió Roberto.

—El problema está en la cadena alimenticia de los depredadores de estas lubinas, doradas y corvinas.

—Explícate —empezó a interesarse Arturo.

—¿Os acordáis de hace un par de décadas, aquello de las vacas locas? —les anunció Carmen.

—Yo lo recuerdo perfectamente, ocurrió en el Reino Unido, sacrificaron a miles de vacas que habían enfermado —le contestó Roberto.

—El origen fue causado por la aplicación de proteínas cárnicas en la alimentación de esas vacas, lo que degeneró en una modificación de los priones. Es un proceso llamado cambio conformacional, estas proteínas infecciosas son las denominadas priones. Por desgracia, no es un efecto rápido y de fácil observación, más bien es un proceso lento, de meses, incluso años, es lo que los hace difícil de rastrear. Los síntomas no aparecen del mismo modo, algunas vacas empezaban a caminar de lado o de forma extraña, como si estuviesen bailando, ¿lo recordáis?

—Sí, sí, ahora lo recuerdo; bueno, yo era muy pequeño, apenas tenía diez años, salió en la tele —confirmó Arturo.

—¡Sí! Yo también me acuerdo, prohibieron comer carne —anunció Nieves.

—¡Bueno! Esta enfermedad, la encefalopatía espongiforme, te cambia la conducta, temblores, hiperactividad, ataxia en las extremidades y pérdida del control muscular. Uno de los problemas exteriores de ese cambio de comportamiento te puede conllevar a una carga de agresividad y nerviosismo neurológico. Cuando aparecen esos síntomas ya visuales es demasiado tarde, empeoran en pocas semanas y finalizan con la recumbencia, el coma y la muerte.

—Pero... ¿estás tratando de decir que esos peces de las piscifactorías que se han alimentado con harinas adulteradas, de proteínas cárnicas, podrían estar en esa fase de la enfermedad?

—¡Así es! Esos peces están infectados por priones, su conducta agresiva se debe a la alimentación que han obtenido.

—¡Vaya tela! —exclamó Roberto levantando los brazos a la cabeza.

—Pero como os comentaba al principio, solo es la base de la pirámide. El problema viene cuando el atún de nuestras costas también se alimenta a su vez de esos peces enfermos, puesto que la enfermedad se concentra en el cráneo, en las amígdalas, en la médula espinal, en el intestino y en el bazo. Los atunes afectados son devorados por las orcas y finalmente estas enferman del mismo modo.

—¿Entonces los ataques recientes de las orcas a los veleros son por una degeneración neurológica, intoxicados por los atunes?

—Estamos convencidos de ello, han heredado la enfermedad del prion. No solo la contaminación del prion, también la acumulación de los metales pesados originados por la minería, estas aguas están muy contaminadas de mercurio. Y, qué casualidad, el mercurio al igual que el prion afecta al sistema nervioso central, a los riñones y al sistema cardiovascular, causando síntomas como la pérdida de memoria, el insomnio, temblores y debilidad muscular.

»En estos momentos, no solo estará afectando a las orcas, también a los humanos que estamos consumiendo ese mismo atún. Es peligroso para las mujeres embarazadas, incluso en el periodo de lactancia un consumo ordinario de atún. Actualmente, las dosis son tan elevadas que incluso los niños pequeños son susceptibles de estos efectos tóxicos del mercurio.

—¿Y no hay forma de eliminar o conocer su grado de toxicidad? —preguntó Nieves asustada.

—Así de pronto no, no existen marcas o tonos en la piel a simple vista que nos indiquen que ese atún o pez espada contiene altos índices de metilmercurio.

—¿En serio, no se puede hacer nada?

—Si te refieres a su cocción, es recomendable cocinar adecuadamente el pescado y evitar su consumo crudo o poco cocido. Japón es uno de los países que por su tradición consume el pescado crudo, a finales de los años sesenta, se detectó un caso exactamente idéntico, se le denominó la enfermedad de Minamata.

—Nunca oí hablar de esa enfermedad —comentó Roberto.

—Veréis…, a finales de los años sesenta, una empresa japonesa producía cloruro de vinilo, para ello usaba como catalizador cloruro de mercurio. Los pescadores y los ciudadanos cercanos a la bahía de Minamata comenzaron a sufrir ataques de ataxia en manos, brazos y pies, un fuerte deterioro en la visión, parálisis y muerte. Fallecieron más de cien personas y alrededor de cuatrocientos niños tuvieron graves secuelas neurológicas el resto de sus vidas. Nadie entendía lo que estaba sucediendo, era algo novedoso. Hasta que el gobierno japonés descubrió, ocho años después, que la empresa Chisso estaba realizando vertidos de mercurio en el mar de Yatsushiro, contaminando la pesca y el marisco, pero ya era demasiado tarde, más de tres mil personas estaban contaminadas de metilmercurio.

—¡Vaya tela! —exclamó Arturo incrédulo.

—Sí, pero los que estaban por llegar también sufrieron las secuelas, hubo un impacto en los fetos en desarrollo, les alteró el sistema neurológico. Muchos nacieron condenados sin ningún tipo de ayudas, hasta que el gobierno japonés reconoció la culpa e indemnizó a las familias treinta años después, cuando más del ochenta por ciento de las familias afectadas ya habían fallecido.

—Cuesta creer que el gobierno japonés sea tan escurridizo como el nuestro —sentenció Roberto.

—¿No hay cura? —Nieves estaba escandalizada al escuchar la explicación de Carmen.

—El mercurio, una vez absorbido en el cuerpo, tarda semanas en ser expulsado y no todo el mundo lo procesa de la misma forma, el etilmercurio tarda entre unos diez días y dos semanas en ser metabolizado, mientras que el metilmercurio puede quedar en el cuerpo unas cuatro semanas.

—¡Me estás acojonando! —repitió Nieves con los ojos como platos.

—¡No te asustes! Existen alimentos que limpian y remueven las toxinas del mercurio en el cuerpo de forma natural.

Como el cilantro, gracias a sus propiedades desintoxicantes, el brócoli, el apio y el alga *chlorella*. Todos ellos ayudan a la eliminación de metales pesados y reducen los efectos negativos del mercurio.

—Entonces... ¿estás convencida de que, al igual que hubo esos casos de las «vacas locas», aquí en la Bahía de Cádiz se ha producido, dentro de nuestro contexto, por su alimentación en aguas contaminadas, el efecto de las «orcas locas» como resultado?, y ¿por eso atacan a los veleros?

—Sí, estamos totalmente seguros de ello, lo demuestran los análisis —rectificó Carmen, afirmándolo con un gesto de la cabeza.

—Pero, entonces, ¿cuál es el siguiente paso? —preguntó Roberto estupefacto.

—El siguiente paso es el que tenemos en estos momentos: ¿cuál de vosotros cree que va a ser el político, cabeza de turco, que se atreva a sacrificar esos animales? —Los cuatro se miraron a los ojos—. ¡Efectivamente! Con tanto ecologista de revista, es mejor echar balones fuera, no hacer nada, o decir cualquier imbecilidad.

Capítulo 8
Amor, amor

Arturo regresó a su nuevo apartamento, quizás su futuro suegro podría ayudarlo, don Francisco era un reputado empresario en el mundo de los piensos y de las harinas de pescado. Seguro que él los conocía a todos. Abrió la puerta y entró en el apartamento.

—Hola, cariño, ¿tu padre sigue viviendo en Huelva? —le preguntó dándole un beso.

—¿Mi padre? No, se ha mudado a una villa en Mazagón, no sabía que moviera tanta pasta.

—Bueno…, si al hombre le van bien los negocios, por qué no disfrutar de ello, qué tiene de malo.

—No es él, es esa mulata con quien va, pretende hacerle creer que está forrado solo para conquistarla. No sé de dónde la ha sacado, pero no voy a permitir que se pula mi herencia.

—¿Cómo puedes decir eso? Tu padre tiene derecho a hacer la vida que le plazca, lo poco que le queda que lo disfrute.

—¡Los hombres solo pensáis en lo mismo! Y… ¿por qué preguntas por él, si se puede saber?

—Bueno, si le van bien los negocios, le interesa al banco —mintió Arturo.

—¿Quieres hacerle una visita personal?

—¿Por qué no? Va a ser mi futuro suegro, igual hablamos de la boda… —Almudena esbozó una sonrisa.

Un par de días después, en la hora del almuerzo, Arturo pulsó el número de teléfono de su suegro.

—¡Hombre, Arturo! ¡Cuánto tiempo sin oír de ti! ¿Qué me cuentas…?

—Hola, Francisco… Ya nos hemos mudado al nuevo apartamento, supongo que se lo habrá comunicado Almudena.

—Sí, hablé con ella la semana pasada, ¿te ha dicho lo de la invitación?

—Nooo… ¿Qué invitación?

—Esta chiquilla tiene demasiado trabajo, se habrá despistado —mintió don Francisco, sabiendo la poca simpatía que le profesaba a Almudena su pareja Yllana—. Hago una fiesta para inaugurar mi nueva casa, estáis invitados.

—Yo por mí ¡estoy encantado! Además, me viene de perlas, porque quería hablar con usted.

—¿Conmigo? ¿De qué tema? —se sorprendió Francisco por el tono de voz.

—Sobre las harinas de pescado.

—¿Te interesa el tema? —contestó incrédulo.

—Bueno, viendo la pasta que maneja, síííí —se rio.

—Los banqueros sois unos verdaderos depredadores, ¡no se os escapa una! —dijo inocentemente, sin conocer el verdadero motivo.

—Le dejo ahora, han entrado unos clientes, hablaremos en la fiesta. Por cierto, ¿qué día y a qué hora?

—El sábado por la tarde, a partir de las seis. Tráete el bañador… y a mi hija. —Colgó el teléfono.

Arturo se quedó unos minutos pensativo, algo sabía del poco *feeling* que se tenían Almudena e Yllana, pero hasta el punto de no decirle lo de la fiesta no se lo esperaba. Cuando se vieron a la hora de comer en el restaurante Azabache, Arturo le contó que había hablado con su padre por teléfono.

—¿Y de qué habéis hablado?

—De negocios principalmente, inversiones en bolsa en Canadá —siguió mintiendo Arturo.

—¿Y…?

—Me dijo que estábamos invitados a la inauguración de su nueva casa —expuso para observar su reacción.

—¡Ay!, se me había olvidado —se disculpó buscando algo en su bolso para despistar.

—¿Es que no piensas invitarlos a nuestra boda? —le preguntó mirándola a los ojos.

—Síííí, ya sabes que sí, lo que pasa es que no me apetece ir a esa fiesta.

—No es para tanto, sigue siendo tu padre, deberías alegrarte por él.

—¡Está con una mujer incluso más joven que yo!, ¡podría ser su nieta! —exclamó ofendida, tratando de defenderse.

—¿Prefieres que esté solo, malhumorado, dándole al juego y al vicio, o a la bebida? Al menos está con alguien que lo cuida y que le presta atención.

—¡Arturo, puede que tengas razón! Pero no sé…, siento que está derrochando su dinero con esa… buscavidas.

—Almudena, no deja de ser su dinero, y tu padre tiene derecho a hacer lo que le venga en gana con su dinero.

—¡Está bien, iremos a la fiesta de mi padre!

Llegó el sábado y al entrar en el pueblo de Mazagón doblaron a la derecha por la avenida del Vigía, que va paralela a la desembocadura del río Odiel, al tomar la calle Mar Mármara ya estaba llena de vehículos por ambas bandas, era imposible aparcar, contornearon la manzana y seguía estando completo.

—¡No me lo puedo creer! Estaba convencido de que aparcaríamos sin problemas. —Tuvieron que aparcar al final de la urbanización, en un descampado, y caminar de vuelta hasta la villa. Llamaron al videoportero.

—¿Esa música viene de la villa de tu padre? ¡Qué moderno se ha vuelto! —comentó descojonándose.

—¡No me tires de la lengua, Arturo!

Un hombre de enormes proporciones les abrió la puerta, al cruzar el umbral, vieron a más de un centenar de personas festejando, brindando y nadando en la piscina de un considerable tamaño, el bullicio con la música de fondo era atronador.

—No hemos llegado los primeros… —se mofaba Arturo, viendo los nervios de Almudena sujetando un enorme ramo de flores.

—¡Hija! Me alegra mucho verte —alzó los brazos don Francisco, olvidándose del protocolo fino con la intención de abrazar a su hija. «El Chanclas» ya iba un poco achispado.

Almudena hizo una mueca y le entregó el enorme ramo interponiéndolo entre sus dos cuerpos tratando de frenar a su padre, ruborizada de vergüenza.

—¡Gracias, Arturo! Estoy muy contento de vuestra presencia. Tomad lo que queráis, podéis pedirle al camarero que os traiga algo de comer o un cóctel, si os apetece. Y si queréis tomar un baño ahí están los vestuarios y las duchas —explicó señalándolo con la mano.

—Es muy amable de tu parte.

—¡Ah! ¿No te he presentado a mi novia? ¡Yllana, Yllana! ¡Mira quién ha llegado!

Yllana se encontraba en el porche hablando con una pareja, al oír la voz de Francisco se despidió y bajó las escaleras que separaban el porche de la villa del jardín, donde se encontraban. Yllana llevaba un bañador dorado, con un voluminoso collar de lapislázuli y un chal abierto de lino blanco de encaje, que potenciaba su piel morena. Al bajar los escalones, sus largas piernas sobresalían del chal, estaba preciosa, divina, parecía una reina etíope con su pelo rizado cardado. Gran parte de los invitados se giraron para verla, a Almudena le había salido una indeseada competidora, ese sábado no sería ella el centro de atención, no acapararía todas las miradas, pese a su vestido vaporoso de Christian Dior.

—Arturo, te presento a mi prometida Yllana —dijo henchido de orgullo y satisfacción.

—Mucho gusto, Yllana, me habían hablado mucho de ti. ¿Llevas mucho tiempo en Huelva? —le preguntó por establecer un poco de conversación.

—Cinco años, yo era bailarina…, pero aquí es muy difícil…

—Seguro que ya os conocéis tú y Almudena… —Las dos se hicieron un breve saludo.

—Precioso el vestido, Almudena, ¡siempre con tan buen gusto! —la aduló buscando paz.

—¡Gracias! —Almudena hizo una pequeña sonrisa, pese a odiar a la mujer que tenía delante.

—Hoy, os anunciaré algo importante —introdujo don Francisco intentando sorprender y atraer la curiosidad de su hija y de su yerno.

—No será que vas a anunciar tu boda —le replicó Almudena con cierto tono en la voz.

—¿¡Cómo lo sabes!? —le contestó jovial por los efectos del alcohol su padre, todavía más sorprendido.

—¡Toda tu vida entre mujeres y todavía no *tas enterao* que tenemos un sexto sentido! —Su padre enmudeció—. ¿Ha sido obra tuya? —le preguntó a Yllana con los ojos inyectados de odio.

—Yo no sabía nada, pero… ¡gracias por joder la sorpresa de tu padre! Eres un sol.

—Bueno…, a ver si nos calmamos un poco —sugirió Arturo, que veía que faltaba poco para que se tiraran de los pelos—. Vamos a dar un paseo por el jardín y Francisco hará lo que tenga que hacer.

—Gracias, Arturo.

Don Francisco cogió a Yllana de la mano y volvieron al porche de la villa, que era la parte más alta; por el camino, intentaron recomponerse del sofoco.

—¡Amigos y familiares, un momento de atención! —anunció don Francisco alzando sus brazos con una copa de cava—. Tengo algo importante que deciros. Como muchos sabéis, Yllana y yo llevamos un tiempo comprometidos, de modo que vamos a dar otro pasito más... El próximo 18 de diciembre, celebraremos nuestra unión como marido y mujer, ¡estáis todos invitados! —Alzó la copa y todos los invitados aplaudieron, silbaron y berrearon de alegría.

Pese a que Almudena y Arturo se encontraban en la cara opuesta de la villa, oyeron a la perfección el discurso de su padre y suegro.

—¡Esa hija de puta lo tiene bien trincado!

—No hables así, una preciosidad como tú, no te queda bien —se insinuó Arturo para calmarla.

—¡Mi padre es un idiota! Me prometió que no se casaría antes que nosotros... ¡y yo lo creí!

—Almudena..., míralo qué feliz está, ¿por qué no le deseas lo mejor?

—¡Feliz! ¿Ese huevón? Faltan tres meses para la boda...

—No tengas tanto veneno, te haces daño tú sola. Mira, yo he venido a divertirme, todo el mundo se lo está pasando en grande; ¡venga!, hace mucho calor, ¿por qué no te pones el bañador y nos damos un chapuzón en la piscina?

Arturo trató de calmar las aguas, conocía los prontos de su prometida, su madre falleció cuando ella tenía diez y siete años, y tuvo que medio ocuparse de sus dos hermanos, que por fortuna decidieron migrar a Nueva Zelanda para la cría de caballos, y del desastre de su padre, que no sabía freír un huevo. La situación hizo que se completase como mujer a la velocidad del rayo. De modo que cuando entró en la universidad llamaba la atención su madurez. Algunos jóvenes profesores trataban de seducirla, no solo por su actitud, más bien por aquel cuerpo que Dios le había dado. Se dejó querer por experimentar aquello que veía en las películas y perdió su virginidad con su profesor de historia, un seductor casado, quince años mayor que ella. Le sucedió su profesor de *marketing* y renombrado empresario el primer año en la universidad, otro hombre casado que se deshacía en halagos y regalos para seguir cautivándola. Ese mundo rodeado de sibaritismo, posición y restaurantes caros preparó el terreno de su ambición. Entonces comprendió lo que le gustaba y lo que ansiaba con codicia.

Nadar en la piscina relajó los tensos músculos de Almudena, la temperatura de su cuerpo y de su mente se fue estabilizando. Arturo aprovechó el momento para poder acercarse a su suegro.

—Ya sé que no es el mejor momento, pero me gustaría poder hablar contigo.

—¿Qué pasa, hijo?

—Hace unas semanas hicimos unos análisis del sedimento marino en la bahía de Cádiz y hemos encontrado proteínas cárnicas. ¿Sabes de alguien que pueda estar mezclando desechos cárnicos en las harinas de pescado?

—Pero ¿qué estás diciendo? ¿Eso es lo que tanto te inquieta? Pensé que querías hablarme de algún tipo de fondo de inversión de tu banco —le comentó escéptico.

—Bueno…, en realidad no, nos preocupa lo que hemos descubierto en el fondo marino y pensamos que está afectando al ecosistema de la fauna y de las orcas en el estrecho…

—¡Y a mí qué carajo me cuentas! Ocúpate de tus problemas.

Definitivamente Arturo comprendió que no era el mejor momento para hablar del tema. Después del baño de Almudena, Arturo le propuso despedirse de la familia y volver a casa. El viaje de regreso lo hicieron en silencio.

Quizás no era la mejor idea, los pensamientos de Arturo divagaban, ¿y si quien estaba adulterando las harinas de pescado era amigo de su propio suegro? ¿Se lo diría, sería capaz de denunciarlo? Era consciente de que eso no iba a pasar, tendría que usar otras estrategias.

Capítulo 9
Harinas de pescado

—¿Cómo te ha ido con tu suegro? —le preguntó Nieves a través del celular ávida de noticias.

—Mejor no preguntes —le contestó secamente.

—Otra discusión entre padre e hija.

—No, esta vez ha sido a cuatro bandas. —Nieves esbozó una sonrisa tratando de imaginárselo.

—¿Has podido al menos hablar con él, y preguntarle?

—No, bueno, sí, le pregunté, pero en pocas palabras, me mandó a freír choco.

—Ja, ja, ja —se oía a través del celular.

—No fue tan divertido, ¿sabes?

—¿Qué hacemos?

—Creo que podríamos hacernos pasar por empresarios y comprar esas harinas, e investigar quién la usa en nuestras costas, no puede ser tan difícil.

—¿Hacernos pasar por granjeros de peces? ¿Vamos a comprar toneladas de harina? ¿Qué quieres, arruinarme?

—No sé, solo era una idea.

—¿Por qué no nos vemos en el Piolo y lo razonamos?

—¡Sea! —Esa misma tarde se reunieron los tres.

—¡Piolooo, tres cañas! —pidió Roberto.

—He buscado por internet todas las empresas que fabrican harinas de pescado para piscifactorías en Andalucía. Tenemos a Harinas El Andaluz, Harinas La Fuente, Harinas El Galáctico, Harinas Casa del Pez, Acuicultura Mares del Andalusí y Alimentos Marinos en-la-mar. ¿Por cuál empezamos?

—¿Cuál es la de tu suegro? —preguntó Nieves.

—Acuicultura Mares del Andalusí.

—La dejamos para la última.

—¿Cuál sería el plan? —preguntó Roberto.

—De momento no hay plan, nos podemos presentar como periodistas de una revista de pesca o algo parecido y pedir una muestra. —Roberto se echó a reír.

—Sí, y ellos son tontos, y te van a dar la muestra, para que los jodas vivos.

—Sí, tiene razón, no va a colar.

—¿Y si ponemos unos vinilos en tu furgón de la Junta de Andalucía y te haces pasar por un inspector? —propuso Arturo.

—Sí, eso sí podría colar. Tienes pinta de inspector —ratificó Nieves a Roberto.

—¿En serio te lo crees? Si alguien está delinquiendo, no me lo va a poner tan fácil.

—Mira…, te saco una cartulina con el servicio de inspector del hospital donde trabajo y cuela fijo. —Esas palabras alarmaron a Arturo sobre los avisos de Almudena.

—Creo que estamos cometiendo un grave error y nos estamos metiendo en un terreno que no es el nuestro, deberíamos ir a las autoridades competentes y presentar las muestras y las pruebas.

—Ahí le doy la razón a Arturo —respondió Roberto.

—Sois unos gallinas…

—Nieves, no es cuestión de masculinidad, realmente ocupar un puesto público, con una tarjeta sanitaria falsa, puede acarrearnos muchos problemas; si nos pillan, nos podrían meter en la cárcel. —Nieves inclinó la cabeza, se quedó pensativa.

—Tenéis razón, esto ya sería ir demasiado lejos. Juntaré las pruebas y los resultados de los análisis y los presentaré en la Consejería de Sostenibilidad, Medio Ambiente y Economía Azul.

—Buena chica —contestó Roberto—. ¡Piolooo, tres más!

El día siguiente, antes de entrar en su turno de trabajo, Nieves rellenó el formulario, entregando copia de los últimos análisis obtenidos por Carmen en el registro de entrada.

—¿Cuándo obtendré la contestación? —preguntó por curiosidad.

—Entre una semana y diez días suelen contestar por si falta documentación o para iniciar el protocolo de alerta sanitaria.

Nieves salió del edificio satisfecha, convencida de que el descubrimiento que habían realizado podía salvar vidas por intoxicación y, seguramente, el próximo verano no se producirían nuevos ataques por parte de los cardúmenes a los bañistas. También había especificado en su informe la posibilidad de coger a una de las orcas y hacerle unos análisis, para descartar una posible enfermedad de encefalopatía espongiforme o un exceso de mercurio en los tejidos nerviosos, modificando su conducta. Consecuencia de los ataques que en los últimos años se estaban produciendo en las costas del sur de la península ibérica y en las costas de Galicia.

Desde la Consejería de Sostenibilidad, Medio Ambiente y Economía Azul Provincial de Huelva.

—Hola, Almudena, te llamo del centro de la CSME, nos ha entrado la documentación que estabas esperando. ¿Qué quieres que le conteste?

—Gracias, Antonio, contéstale que la administración no puede dar por legítima información de esas características, si no está validada por una empresa de la propia administración o, en su defecto, empresas colaboradoras.

—Como tú digas.

—Hazle entender que recibimos a diario este tipo de informes falsos y denuncias de vecinos descontentos, que solo cuestan dinero a la administración pública, es decir, al propio ciudadano.

—Claro, ya me lo temía, si hiciésemos caso a todos los pirados que hay por ahí con sed de venganza, y más viniendo de esos ecologistas y perroflautas.

—Pásame la documentación por valija, Antonio, muchas gracias.

Almudena se temía lo peor, estaba sobre aviso, conocía los planes de Nieves por sus discusiones con Arturo. De modo que había informado a algunos funcionarios de la posible entrega de una documentación, para que interceptaran la recepción del informe por parte de un grupo comunista radical y que se lo hicieran llegar en persona. Lo dejó caer sobre la mesa de Federico.

—Ahí lo tienes.

—¿Qué es?

—Todos los datos analizados de las aguas y de los lodos de la bahía de Cádiz.

—¿Esto nos incrimina?

—Esto nos podría llevar a la ruina y con varios años de inhabilitación, o la cárcel.

—¿Cómo lo has conseguido?

—Lo he interceptado, está firmado por Nieves González Barrero, la compi de mi futuro marido.

—¿Qué pretendes hacer?

—En cierto modo, ganar tiempo, e ir distrayéndolos a través de una administración lenta y asfixiante. Nos servirá para diluir nuestros residuos, y cuando vengan a hacernos una auditoría, estaremos limpios de toda duda.

—¡Eres increíble…, cómo me pones!

—¡Quieto, león!

Federico le cogió las manos y presionándola contra la pared comenzó a besarle el cuello, Almudena esbozó una sonrisa de triunfo, le gustaba sentir al mismísimo presidente de la Consejería de Sostenibilidad, Medio Ambiente y Economía Azul perdiendo los estribos.

Cuando Nieves abrió el correo, leyó concienzudamente el *e-mail* recibido por parte de la administración:

> *1-519863971 Medio Ambiente responde:*
> *Estimada señorita Nieves:*
> *En referencia a la entrega de su informe, nos ponemos en contacto con usted para informarle que la documentación entregada no tiene validez suficiente, se podría entender como «spam». La administración no puede atender a los cientos de informes que recibimos diariamente sin acreditar. Le sugiero se ponga de nuevo en contacto con la administración y proceda a hacer la solicitud de la forma correcta, rellenando el modelo B-301, para que el departamento de investigaciones subacuáticas proceda a evaluar los posibles daños medioambientales de los que usted habla.*
> *En base al Decreto 162/2022, de 9 de agosto, por el que se establece la estructura orgánica de la Consejería de Sostenibilidad, Medio Ambiente y Economía Azul, corresponde a la Consejería de Sostenibilidad, Medio Am-*

biente y Economía Azul el ejercicio de las competencias atribuidas a la Comunidad Autónoma de Andalucía en materia de medio ambiente y desarrollo sostenible, así como las relativas al uso, gestión y conservación sostenible de los recursos marinos y las competencias en materia de puertos atribuidas a la Junta de Andalucía. Se encuentran excluidas de las anteriores las correspondientes a la pesca marítima y la acuicultura marina.

Hay competencia por parte de la Dirección General de Espacios Naturales Protegidos, en el art. 10 de: Mejorar la protección de los hábitats marinos.

Sin más preámbulo.

Un cordial saludo

Antonio Rodríguez, departamento de medioambiente Consejería de Sostenibilidad, Medio Ambiente y Economía Azul

Tras su lectura, una profunda rabia empezó a crecerle por dentro. Su subconsciente, por un lado, sabía que le iban a dar calabazas, por otro lado, todavía tenía la esperanza de que la administración le admitiría el trámite; qué ilusa había sido. Llamó a Arturo totalmente frustrada.

—Escucha, por el camino de la legalidad, no vamos a obtener ninguna respuesta. Si no queréis llegar hasta el final de todo esto, no os lo echaré en cara, pero yo sí voy a llegar hasta el final. Quiero saber qué está pasando realmente y quién lo está causando, si no me queréis ayudar, no pasa nada, pero yo no tiro la toalla.

—Nieves, no te pongas así, sabes que a partir de aquí, no es cosa nuestra, para eso hay una oficina de medio ambiente. Si cada uno de nosotros actuara por su cuenta, esto sería el caos ¡y lo sabes!

—¡Arturo!, esa gente me está dando largas, y no van a hacer nada, ¡lo sé!

—Pero esas no son las formas, lo siento, no puedo participar en ello.

—Está bien, hablaré con Roberto.

—Ten mucho cuidado, podrías perder el puesto de trabajo que tanto te ha costado.

—Me arriesgaré. —Le colgó.

Nieves pudo convencer a Roberto, harían un tándem, y visitarían una por una las fábricas productoras de piensos y harinas de pescado.

Pegaron los vinilos del Ministerio de Agricultura, Pesca y Alimentación en el furgón de Roberto, Nieves había conseguido hacer una tarjeta plastificada en la que ponía su nombre y «Departamento de Sanidad», junto a unos números y algunos sellos del hospital para presentarse en las oficinas. Todo parecía auténtico, sin levantar sospechas.

—¿Por dónde empezamos? —le preguntó Roberto.

—Mira, he hecho una ruta. Empezaremos por Harinas El Galáctico en Almería y nos vamos acercando de vuelta a casa.

—Me gusta tu plan.

—Saldremos mañana temprano, calculo que en un día podemos visitar tres de las seis empresas.

—¿No los has llamado?

—No, efecto sorpresa, así es como actuamos, si concertáramos una visita, podrían cambiar y esconder el producto o estar alertas. Será más creíble para ellos y más beneficioso para nosotros.

—¡Qué lista eres!

Nieves había cogido dos batas de la enfermería y una carpeta en la que se leía con toda claridad «Servicio Andaluz de Salud», le entregó una a Roberto, entraron en el furgón y arrancaron.

Harinas El Galáctico era una empresa enorme, en el *parking*, delante de las oficinas, había cerca de cincuenta coches. Pararon frente a la puerta de las oficinas y entraron. En el *hall*, junto a la cristalera donde se apreciaba el furgón, un agente de seguridad los detuvo.

—¿Buenos días, qué desean?

—Buenos días —contestó Nieves—. Venimos a realizar una inspección, ¿podría indicarnos a la persona responsable?

—Sí, un momento, ¿me enseñan sus credenciales? —Nieves y Roberto sacaron sus DNI y las tarjetas falsificadas con sus nombres—. Vengan conmigo, por favor.

»Matilde, estos señores vienen para una inspección, está todo en orden.

—¿Qué desean? —preguntó Matilde, una mujer madura de unos sesenta años, menuda, con unas enormes gafas.

—Venimos del Departamento de Sanidad del Ministerio, como sabe nuestro objetivo es coordinar las actuaciones ante los posibles fenómenos que puedan generar peligros en los piensos y a su vez suponer un riesgo para la salud pública —le explicó Nieves, tratando de dar lo mejor de sí como actriz.

—Qué raro…, ya vinieron el mes pasado.

—Es posible, como verá, somos de otro departamento, desde que pasamos lo del covid-19 esto se ha trastocado un poco —consiguió mentir—. Además, sabrá usted que todos los operadores que destinan productos de alimentación animal deben estar registrados en el sistema SILUM (Sistema Informático de Registro de Establecimientos en la Alimentación Animal), gestionado por la autoridad de cada comunidad autónoma.

—Sí, estamos registrados.

—¡Claro! Por eso hemos venido —Roberto, mudo, miraba a Nieves sorprendido de ver lo bien que mentía.

—¿Qué documentación necesitan?

—De momento daremos un vistazo al proceso de fabricación de las harinas, nos llevaremos algunas muestras y necesitaremos copia del informe de trazabilidad, para comprobar que efectivamente coincide.

—Sí, por supuesto, ahora llamo al encargado para que los acompañe por la fábrica y les explique todo el proceso, y las preguntas que quieran hacerle.

—Muy amable por su parte.

Tras la visita, se llevaron varias muestras de los sacos elaborados más antiguos y más recientes. Incluso la visita fue agradable y muy ilustrativa. Siguieron con la visita de Harinas El Andaluz y Harinas Casa del Pez, con idénticos resultados. En el camino de vuelta a casa.

—¿Sabes?, desde el momento en que la gente es amable y te abre las puertas de tu negocio es porque no tienen nada que ocultar —le comentó Nieves a Roberto.

—Sí, estoy de acuerdo, pero yo ya no me fío de nadie, cuando nos den los resultados de las muestras, entonces sabremos la verdad.

—¡Uff, estoy muy ansiosa!

—¿Ansiosa? ¡Pero tú mientes muy bien! Incluso me asustas, no conocía esta faceta tuya, ¡a saber las mentiras que me habrás contado!

—¡Idiota!

Al día siguiente decidieron terminar con las otras tres fábricas que les faltaban, tomaron la autovía a Sevilla A-49 y procedieron de la misma forma. Harinas La Fuente era una pequeña empresa, apenas seis empleados; cuando se presentaron, uno de los trabajadores, de aspecto africano, salió corriendo.

—¿Qué le ocurre? —señaló Roberto—. No somos inspectores de trabajo, solo hemos venido a por muestras, y poder contrastar si coincide con el informe de trazabilidad, esto solo es un tema de salud pública —le informó al joven con bata que los atendía.

—Lo lamento —dijo bajando la cabeza ruborizado.

—No se preocupe, no hemos visto nada —le confirmó Roberto con una sonrisa.

La última visita era en su propia Huelva natal, como final del recorrido. Acuicultura Mares del Andalusí. S. L.

—¿Esta es la empresa del suegro de Arturo?

—Sí, eso nos dijo.

—Bien, llamemos a la puerta. —En la entrada de una nave cochambrosa, solo había una vieja Vespa. Abrió Genarito apenas una rendija.

—¿Qué pasa?

—Hola, somos inspectores de sanidad, veníamos a comprobar unas muestras y ver la hoja de trazabilidad.

—El jefe no está, no pueden entrar —contestó dudoso Genarito, viendo el logotipo del furgón.

—No necesitamos que esté el jefe, hemos venido a hacer nuestro trabajo, por lo de la pandemia, solo son veinte minutos y nos vamos.

—Si no traen una orden judicial, no pueden entrar.

—Mire… ¿cómo se llama? —insistió Nieves.

—Me llaman Genarito.

—Genarito, me llamo Nieves y él es mi compañero Roberto. Si no nos deja entrar, tendremos que llamar a la Guardia Civil y ponerle una multa por entorpecer la labor de la administración gubernamental, y eso no le va a gustar a su jefe, porque las multas son de doscientos mil euros —mintió Nieves, que empezaba a dudar de su actuación.

—¡¿Doscientos mil euros?! —voceó.

—Así es, el gobierno no perdona —le confirmó Roberto.

—¡Entren! —exclamó Genarito abriendo la puerta de par en par.

La nave estaba muy sucia y la iluminación dejaba mucho que desear, algunos tubos fluorescentes estaban apagados, se pasearon por la nave seguidos de Genarito, que no decía una palabra.

—¿Dónde están los sacos de harinas para su venta? —preguntó Nieves.

—En el almacén…

—¿Tiene alguno abierto?

—Algunas veces alguno se rompe, l'echaré un vistazo. —Nieves y Roberto lo siguieron.

Cuando Genarito encendió la luz del almacén, los ratones empezaron a saltar sobre los sacos buscando la huida. Genarito cogió la escoba para terminar de espantarlos.

—Les encanta nuestra comida —dijo con una gran sonrisa enseñando los cuatro dientes que le quedaban con una gingivitis pronunciada. Nieves estaba alucinada.

—Tendremos que coger varias muestras y llevarnos uno de esos sacos —comentó Roberto, que no daba crédito a lo que veía.

—Genarito, necesitamos la ruta de trazabilidad, ¿nos la podría ir imprimiendo? —le pidió Nieves por salir de aquel lugar cuanto antes.

—Sí, eso lo tiene la secretaria, ahora la llamo y le pregunto dónde lo ha *dejao*. Ella solo viene por las mañanas y se encarga de *too*.

—Muy bien, con esto ya hemos terminado.

Roberto cogió las muestras y cargó con el saco de veinticinco kilos dirigiéndose al furgón para descargar. Mientras, Nieves se encaminó al despacho de la secretaria con Genarito. Tras la llamada, Genarito enfiló a un armario, abrió la puerta y dentro de una carpeta encontró los papeles a fotocopiar.

—Aquí tiene —le entregó los papeles. Nieves se quedó paralizada al ver las manos de Genarito con las uñas negras de porquería.

—Gracias…, Genarito, ya sé que es la primera vez que venimos, pero la próxima vez, como la nave y el almacén no estén como los chorros del oro, le meto una multa de treinta mil euros, ¿me ha entendido?

—¡Sí, señora!

—¡Bien! Volveremos dentro de seis meses.

Genarito la acompañó hasta la puerta. Roberto puso el furgón en marcha y salieron de la explanada deseando llegar a casa.

—¿Sabes?, creo que ya no voy a comer más pescado el resto de mi vida —le comentó Nieves a Roberto, que se aferraba al volante.

—Qué mal rollo me ha dado ese sitio, ¿en serio nos comemos eso?

—Ahí había proteínas y colágeno a «tutiplén» —empezó a reírse Nieves del asco que sentía.

—Llama a Carmen, hay que entregarle las muestras.

—Entonces, dirígete a su laboratorio.

Don Francisco aparcó su flamante Audi R8 en la explanada junto a la puerta de la nave, la tarde daba sus últimas horas, abrió la puerta y entró.

—¡Genarito! Hay que preparar un envío para los de Murcia.

—¿Qué *cantidá*?

—Veinte toneladas

—¿Pa cuándo?

—¡Para el jueves! De lo último que hemos triturado. —Miró la hora y se dirigió a su despacho.

—Han *venío* los de *sanidáá*…

—¿Los de sanidad? Si estuvo aquí el mes pasado Martín.

—Estos eran *do*, Nieves y un tal Roberto.

—¿Y qué querían?

—Unas muestras por lo del covid.

—Qué extraño… ¿y qué se han llevado?

—Un saco de lo último y una fotocopia de la trazabilidad.

—Has dicho Nieves y Roberto… ¿De qué me suenan esos nombres? —Don Francisco hizo una mueca. En algún momento había oído esos dos nombres juntos, pero no recordaba de qué—. ¿Te enseñaron sus credenciales? No serán espías de la competencia.

—No, llevaban un furgón del Ministerio de Medio Ambiente y *m'han enseñao* sus tarjetas de *sanidáá*, ¡la tía tenía una mala hostia! Nos quería *murtá* con doscientos mil *euro*.

—Entonces sí eran del Ministerio, ¿qué te han dicho?

—Que como vuelva y *nosté* la nave como los chorros del oro, nos mete *trenta* mil *euro* de *murta*.

—¡Qué jodidos! Y nosotros venga a pagar impuestos.

Francisco terminó de redactar el pedido y lo dejó sobre la mesa de su secretaria, que empezaba a trabajar a las ocho de la mañana. Él llegaba siempre a partir de las diez. Salió de la nave y al sentarse en el asiento deportivo de su Audi R8 dedujo que algo no le cuadraba. ¿Y si su hija había enviado a aquellos dos para fastidiarlo como venganza?, para tratar de arruinarlo, para suspender la boda… Le había prometido a su hija que no se casaría antes que ella y no había cumplido con su palabra. Francisco conocía muy bien a su hija, y sabía lo vengativa y cruel que podía llegar a ser.

Cuando llegó a su villa de Mazagón, tenía la certeza de que su hija estaba detrás de todo ello, preparando algo, una denuncia formal con los análisis de sus harinas, que no coincidía en absoluto con la ficha de trazabilidad y composición de las harinas. Seguramente se traduciría en una multa importante, solo para joderlo. Apagó el motor, se encaminó a la puerta y al meter la llave en la cerradura de su nueva residencia, comprendió que lo mejor sería explicárselo todo a Yllana.

—¡Cariño, ya estoy aquí!

—¡Mi amor, estoy en la cocina!, terminando de preparar la cena, abre una botella de vino blanco.

Francisco entró en la cocina y besó a Yllana, abrió la puerta del refrigerador y sacó una botella de vino.

—¿Cómo te ha ido el día?

—Bueno…, los de Murcia por fin han hecho el pedido de las veinte toneladas, pero lo que me preocupa son los de sanidad del ministerio, al parecer han venido a la nave y han sacado muestras de las harinas.

—¿Y... por qué te preocupa, qué pasa con esas muestras?

—Hace algún tiempo que estoy adulterando las mezclas.

—¿Y por qué, mi amooor?

—Quería ganar algo más de dinero, bueno, en realidad quería hacer algo económico. Para mejorar el mercado, esto se pone cada vez más difícil con la competencia de las harinas de México.

—¿Y qué tiene eso de malo? Vamos a cenar, se te pasará el enfado.

—Lo que hay en las harinas de pescado no es lo que pone en las etiquetas, si lo descubren, me veré envuelto en un problema.

—¿Y qué va a pasar... perderás unos clientes?

—Puede que me multen con una fuerte cantidad, tendríamos que posponer la fecha de la boda.

—Eso nooo, mi amooor...

—Solo serían unos meses —tratando de convencerla sin decirle lo que realmente opinaba. Las tiranteces entre Almudena e Yllana ya eran bastante desagradables.

—Pero ¿qué tiene que ver ese problemilla... con nuestro enlace? Además, ya tenemos la fecha reservada.

—Yllana, el problema es que creo que ha sido mi hija quien nos ha denunciado, y ha enviado esa inspección para joder nuestra boda. Le prometí que no me casaría antes que ella. La he cagado, no pensé que se lo tomaría tan mal. ¿Entiendes?

—¡Pero qué pendeja y zorrona es!

Capítulo 10
Las horas cuentan

A los pocos días, los resultados de las muestras estaban imprimiéndose en el despacho de la sociedad Alieurolab S. A., empresa dedicada al análisis microbiológico de alimentos, HPLC, pruebas bioanalíticas, PCR y sistemas RMN para la seguridad alimentaria. Carmen, viendo los resultados, no tuvo dudas, esos resultados le confirmaban lo que ya intuían, ahora era una realidad. Con el celular en la mano, marcó el nombre de Nieves.

—¡Hola, Carmen! ¿Qué me cuentas…?

—Tengo los resultados, no íbamos mal encaminadas, la empresa está aquí mismo en Huelva, esto es grave y hay que pararlo cuanto antes, podría derivar en breve al sistema alimenticio de la población civil, sin vuelta atrás.

—Te entiendo, ¿quieres que nos veamos y nos lo explicas?

—Sí, correcto, y si puede ser hoy mismo mejor —en la voz de Carmen se notaba la tragedia de la situación.

—Llamaré a los chicos, gracias. —Colgó. Nieves habló con Arturo y con Roberto, se verían esa misma tarde donde siempre.

—¡Piolooo, cuatro cañas! —bramó Arturo emocionado.

—Aquí tenéis los resultados de los análisis de las harinas, aparentemente todas son normales, menos las de la empresa de nuestra tierra: Acuicultura Mares del Andalusí S. L.

—Esa es la de mi suegro —comentó Arturo.

—Arturo, lamento decírtelo, pero están utilizando proteínas animales y está totalmente prohibido, ¿recordáis lo que os hablé de la enfermedad de encefalopatía espongiforme? de alguna forma está entrando en el sistema alimenticio humano y hay un claro peligro. Es prácticamente seguro en un noventa y ocho por ciento que los ataques de los cardumes del verano en la playa de Matalascañas hayan sido consecuencia de esta alimentación.

—¿Crees que lo están haciendo a sabiendas, o son inconscientes de lo que están fabricando? —le preguntó preocupado.

—Te voy a hablar con sinceridad, ya sé que es tu suegro, y esto no va a ser fácil para ti, creo que sí, no saben cuál es la repercusión. Hay indicios de una tremenda adulteración de las harinas con molienda de cascara de mejillón, tierra y restos cárnicos, con la intención de abaratar los costes, no con la intención de envenenar a nadie.

—Cuando entramos en la fábrica daba muy mal rollo —comentó Roberto, que no se podía callar.

—Pienso que su intención no es la de poner a la población en peligro, creo que solo es un aspecto económico, por la avaricia de ganar más dinero, pero si la población consume esos peces enfermará, al igual que pasó con las vacas locas. —Carmen miraba fijamente a los ojos de Arturo, que estaba mudo de sorpresa.

—¿Qué se puede hacer? —preguntó Nieves, que estaba preocupada por Arturo y por la confirmación de la noticia.

—Hay que denunciarlo —sentenció Carmen.

—¡Ira a la cárcel, seguro! Delito contra la salud pública, artículos 359 y 360, como si fuese un narcotraficante —añadió Roberto.

—¡Espera! Esto lo sabemos solo los cuatro. Yo podría hablar con mi suegro, que destruya todas las pruebas y que cierre su empresa. Al menos hasta que se normalice esta situación. —Los cuatro se miraron.

—Te doy una semana de ventaja, trascurrido ese tiempo, si no ha rectificado yo misma pondré la denuncia.

—Gracias, Carmen, estoy en deuda contigo —contestó sonrojado.

Siguieron hablando del tema un poco más, Arturo se sentía como si alguien lo estuviese asfixiando y decidió marcharse. Caminando por la avenida José Luis García Palacios empezó a sentir angustia, cómo explicárselo a Almudena sin provocar una nueva discusión.

Llegando al edificio decidió dar otra vuelta, el paseo le estaba sentando bien, siguió caminando viendo cómo dos perros jugaban tras la mirada de sus dueños, en el solar de al lado. En ese momento hubiese preferido no estar ahí, maldito dinero que todo lo corrompe, ahora entendía la bonanza de las cuentas de su suegro y el tren de vida que había adquirido. Todos esos lujos..., pero no podía permitir que su suegro se enriqueciera a costa de la salud de los demás, incluso poner vidas directamente en peligro. No solo esos peces eran consumidos por seres humanos, también estaba en la alimentación de los atunes, que a su vez volvían a ser consumidos por humanos y por aquellas orcas ibéricas que de repente se habían vuelto locas, atacando los timones de los veleros, hundiendo barcos y poniendo de nuevo la vida de humanos en peligro. Tenía que parar esa locura. Volvió sobre sus pasos, entró en el edificio y pulsó el botón del ascensor. Entró cabizbajo en casa.

—¡Cariño, ya estás aquí! Hoy sí que has tardado, estaba preocupada, he estado a punto de llamarte al móvil, ¿qué te pasa? Haces mala cara.

—Tengo malas noticias.

—¿Qué ocurre? —Almudena temía que Arturo se hubiese enterado de su infidelidad, nunca había visto a su futuro marido con aquella expresión en el rostro, pero ella tenía que serenarse y controlar la situación.

—Mis compañeros no me han querido hacer caso, y han seguido investigando por su cuenta en lo referente a los lodos y residuos en la bahía de Cádiz.

—Y los han pillado, ¿verdad? ¡Te lo dije! —se apresuró a decir Almudena, aliviada de no ser descubierta.

—No, no es eso, han descubierto que tu padre está adulterando las harinas de pescado.

—¡¿Quééééé?! ¡Qué estás diciendo! —Esta vez sí que no se lo esperaba, se quedó totalmente sorprendida.

—Te pasaré mañana el informe, tendremos que hablar con él; si no se detiene, habrá una denuncia formal contra él, por delito contra la salud pública. —Almudena estaba estupefacta.

—¡¿Me lo puedes explicar?!

—Al parecer han mezclado proteínas cárnicas y otras sustancias entre las harinas de pescado para ganar algo más de dinero, pero se les ha ido de la mano y por ese motivo los peces atacaron a los bañistas este verano. Pero el problema se agrava al ser ese mismo pescado consumido en supermercados y restaurantes, nos afecta a toda la población.

—¡Dios mío, y tenía que ser precisamente mi padre! ¡Ahora entiendo su nivel de vida! ¡Seguro que fue esa buscona quien lo metió en todo esto!

—Tenemos que hablar con él, tiene que parar, de lo contrario, lo detendrán e irá a la cárcel.

—Está bien, ¿quién sabe todo esto? —preguntó tratando de llevar las riendas.

—Solo nosotros, dentro de una semana será público, si no lo detenemos.

—Envíame toda la documentación, lo analizaremos e iremos a hablar con él.

—Gracias, no sabes el peso que me he quitado de encima.

—Venga, intentemos cenar algo.

Al día siguiente, Almudena recibía por correo la documentación de los análisis que le había facilitado Arturo a través de Carmen.

—¡Toma, léelo! —le sugirió a Federico.

Federico se puso las gafas de lectura y ojeó el informe, leyéndolo por encima.

—¡Fantástico, esto nos beneficia!

—¿Cómo dices?

—¿No lo ves?

—¿Que mi padre vaya a la cárcel?

—Que tu padre distraiga la atención para que nosotros podamos actuar, luego le buscamos un buen abogado y aunque le incriminen dos años de cárcel, al ser su primer delito no ingresará. ¡Nos lo ha puesto en bandeja!

—¡Vaya! Has hecho un análisis a la velocidad del rayo.

—¡Tengo a la mejor maestra!

Lo cierto es que Almudena se quedó pensativa, quizás sí podría funcionar, de lo contrario no sería su padre quien ingresaría en prisión, sino ellos mismos, por otro delito similar: vertidos incontrolados con alto porcentaje de mercurio contra la salud pública. El problema es que ya le había dado su palabra a Arturo de ir al día siguiente a hablar con su padre, y tratar de convencerlo para que cerrara la empresa durante un tiempo. Eso sería como matar a dos pájaros de un tiro, retrasaría o quizás incluso anularía la boda con aquella buscona de bailarina. Una suave sonrisa se desdibujó en su rostro, todo dependería de la cabezonería de su padre.

Almudena y Arturo salieron del garaje rumbo a Mazagón, habían quedado con su padre para cenar y poder hablar de la situación. En ningún momento ella se había planteado modificar el pensamiento de Arturo sobre la situación creada, era mejor dejarlo correr y no comentar nada sobre la información que ellos poseían del metilmercurio concentrado en las aguas de la bahía de Cádiz. Una tiene que saber cuándo no hay que remover la mierda.

Dejaron el coche aparcado justo delante de la puerta y llamaron al videoportero, Francisco en persona les abrió la puerta. Almudena había hablado con su padre previamente contándole el descubrimiento de los análisis. Su padre, que desconfiaba de ella, la dejó hablar, le aseguraba que ella no lo había denunciado, ni que ella tenía nada que ver con aquellos dos inspectores, pero que sí tenían que hablar para poderlo ayudar, que pese a sus diferencias, no dejaba de ser su padre. Él la creyó a medias, y aceptó reunirse para cenar y hablar del tema, sin comentarle nada a Yllana.

En el momento en el que los tres se dirigían hacia la entrada del porche, salió Yllana a su encuentro.

—¡¡Pendejaaaaa!! —Después del grito solo se oyó el disparo. Yllana, rifle en mano, había apretado el gatillo en un autorreflejo, sin apuntar siquiera, su rabia contenida acababa de salir por el cañón del arma en forma de bala, atravesándole el pulmón y reventándole la aorta.

Almudena apenas sintió el impacto, caminó dando dos pasos de más y se desplomó como un títere.

—¡Almudena! —gritó Arturo agachándose.

—¡Pero qué has hecho! —exclamó Francisco.

—No lo sé…—contestó Yllana, como si acabara de despertarse de un sueño.

—¡Hay que llamar a una ambulancia!

Almudena, tendida en el suelo, respiraba con dificultad, le salía un poco de sangre por la nariz, tosió un poco de sangre y sus músculos se relajaron. Arturo comprendió que Almudena ya no estaba entre ellos, le agarró el vestido y lloró, su rostro pegado a su cuerpo inerte.

Francisco seguía sujetando a Yllana del brazo, sin saber qué hacer, el amor de su vida acababa de matar a su única hija. No entendía cómo la vida le podía dar este revés, miró la cara de sorpresa de Yllana, tratando de entender si lo sucedido era real o irreal. Todavía le pitaban los oídos, se sentía confuso y mareado, hasta que se desplomó.

La ambulancia paró en seco, médico y enfermero abrieron la puerta y entraron en la parcela. Al inclinarse ante Almudena, el medico certificó su muerte; Francisco seguía en el suelo con vida, le tomaron la tensión y lo cargaron en la camilla.

—Hemos dado parte a la guardia civil, no tardarán, tendrán que quedarse. —Dichas las palabras, vieron las luces del 4x4 de la guardia civil estacionando su vehículo.

Esposaron a Yllana, el arma descansaba en el porche. Otras dos unidades llegaron al lugar y le pidieron a Arturo que los acompañaran a la comisaría, la ambulancia ya había partido. Algunos vecinos curiosos al ver tantas luces se acercaron a curiosear. Almudena seguía en el suelo custodiada por dos agentes, el juez no tardaría en llegar.

En la comisaría, Arturo trató de explicar lo que había sucedido, solo habló de una reunión familiar y de cierta rivalidad entre las dos féminas, pero que nunca hubiese imaginado que acabaría de esa manera. Comentó lo de la boda, quedó en silencio, le empezó a temblar la barbilla, hasta que rompió en un llanto profundo. Las orcas se habían cobrado su tercera víctima.

Capítulo 11
Almadraba

No cabía un alma en el tanatorio Nuestra Señora del Carmen; amigos, familiares, funcionarios, altos cargos y políticos fueron a despedirse de su querida Almudena.

—Lo lamento en el corazón —lo consoló un hombre elegantemente vestido con su traje chaqueta.

—Gracias, don Federico.

—Era una mujer increíble, trabajaba como un cirujano, nunca he tenido una secretaria como ella y dudo que la superen.

—Gracias por sus palabras, don Federico —le agradeció Arturo.

En un rincón, junto a un sanitario, estaba Francisco, en silla de ruedas, debido a su precaria salud, observando desde lo lejos cómo su mundo se había desmoronado. Apenas tres días atrás conducía su flamante Audi R8 rebosante de felicidad, ahora era conducido por una silla de ruedas con una miserable batería. De golpe, había envejecido diez años.

Todo el mundo estaba consternado, no daban crédito, una mujer tan joven y bella con planes de boda y un futuro brillante ante ella. Los amigos de Arturo trataron de darle todo su apoyo, incluso en cierto modo, se sentían un poco responsables del desenlace, pero no le dijeron nada a su gran amigo. No era el momento para confesiones. El resto del ritual, la solemne misa con coro, y la cremación, se produjo en silencio, y sin sobresaltos.

—¿Cómo se lo decimos? —le consultó Carmen a Nieves.

—No lo sé…, está hecho polvo. He quedado con él para ir al estudio de Almudena y recoger sus cosas, no tenía testamento y pasa a heredarlo su padre.

—Está bien, tampoco va a cambiar el mundo por esperar unos días.

—Carmen, todo a su tiempo, ahora mi prioridad es Arturo, me duele verlo de ese modo.

Por la tarde, Nieves se encontraba en el portal esperando la llegada de Arturo. Cuando hizo acto de presencia, cogieron el ascensor y entraron en el pisito.

—¿Qué haces tú aquí? —le preguntó Arturo a Federico, que estaba ojeando unos papeles.

—¡Hola! —contestó Federico sorprendido ante la pillada—. He venido a recoger unos papeles de trabajo.

—¿Tú tienes llaves de su apartamento? —le indagó igual de sorprendido.

—Eeeh, sí, sí, me había dejado una copia, por si se quedaba en la calle, en el despacho —trató de explicarse Federico, algo nervioso y molesto.

—¿Trabajabais aquí en su estudio? ¿No hay suficiente espacio en la Consejería de Sostenibilidad, Medio Ambiente y Economía Azul Provincial de Huelva?

—Bueno…, no, por cambiar un poco… —Nieves con firmeza le cogió los papeles que Federico mantenía en la mano.

Al ojearlos, vio que se trataba de unas concesiones, de unos permisos en las balsas de residuos de la empresa Ecominersistem S. A. donde indicaba el porcentaje de participación de las acciones de la empresa de la que Almudena era socia.

Nada habría llamado la atención a no ser por un «te amo con locura» escrito en bolígrafo con una caligrafía muy masculina en el lateral. Por desgracia para Federico, Nieves conocía a la perfección la letra de Arturo y sabía que esa letra no era la suya. Le entregó las hojas a Arturo y se dirigió al baño, las mujeres siempre tienen un sexto y un noveno sentido.

—¿Qué es esto? —preguntó Arturo al coger los documentos que le entregaba Nieves.

—¡Pregúntaselo al presi! —le gritó desde el baño.

—Si es el proyecto en el que estábamos trabajando, como te he explicado —manifestó tratando de salir airoso.

—Y parece que había algo más que trabajo —comentó Nieves al salir del baño con unos gemelos, una toalla y un desodorante masculino.

—Sí, gracias, me los había quitado. —Al estirar el brazo, sus gemelos insertados en la ranura de la camisa eran bien visibles, sobresaliendo de la manga de la chaqueta.

—¿Qué está pasando aquí? —empezó a mosquearse Arturo.

—Tendremos que hablar en otro momento, tengo algo de prisa. —Le tendió la mano para que le devolviera los papeles que todavía sujetaba Arturo y salió por la puerta.

—¡Arturo, siéntate! —le ordenó Nieves—. Te conozco desde hace años y reconozco tu olor a millas de distancia, huele esta toalla, y… tú no usas este desodorante, tampoco usas gemelos en tus camisas. Creo que si sigo buscando… encontraré más indicios. —Se fue al dormitorio y, abriendo el cajón de la mesita, encontró lo que buscaba, una caja de preservativos a la mitad—. ¿Son los que tú usas? ¿Sabor a frambuesa?

Arturo empezaba a comprender, se levantó del sofá y procedió a reconocer el apartamento donde antaño habían pasado tantas horas amándose, conviviendo, cocinando. Le costaba creer, de modo que se dirigió a la cocina y luego al dormitorio, era evidente que en aquel pequeño estudio una tercera persona había dejado su huella, ese era el motivo por el que Almudena no lo había alquilado todavía.

—¿Qué estás pensando?

—Vámonos de aquí.

—¡Arturo, no hagas ninguna locura!

—No, no voy a hacer ninguna locura, lo que voy a hacer es enterarme de por qué Almudena no quería que investigáramos los metales pesados que encontramos en los sedimentos del agua del Odiel —dijo cerrando la puerta y pulsando el botón del ascensor para bajar a la calle.

—¿Y qué vas a hacer?

—Ir al registro mercantil, me temo que esos dos tienen algo que ocultar.

Los procesos de investigación suelen ser lentos, así como la propia justicia, pero al final llega, de una forma u otra. Pocos consiguen escapar de la señora con los ojos vendados sosteniendo una balanza, solo los llamados peces gordos, pero Federico para su desgracia no estaba entre ellos. Lo detuvieron algunos meses después en su propia villa, en isla Canela, junto al club de golf, delante de sus amigos y familia. Pese a la relevancia del delito, la guardia civil fue muy discreta. La sociedad andaluza empezó a enterarse de la verdad y los medios de comunicación hicieron el resto.

Respecto a las orcas, en el gobierno de la nación, no supieron ni solucionar ni atajar el problema, nadie quería o, mejor dicho, nadie se atrevía a sacrificar aquellas pobres orcas enfermas por culpa del propio ser humano y su avaricia. Por el contrario, decidieron cerrar las almadrabas del estrecho de Gibraltar, prohibieron el consumo de atún contaminado por el metilmercurio, y dejaron a la población sin su tradición y sin empleo, costeando con miles de millones de euros los daños producidos a los marineros y a toda su industria con dinero del contribuyente.

Como describen algunos: es la propia rueda de la civilización la que nos va aplastando a medida que se mueve y avanza.

FIN